男のリズム

池波正太郎

角川文庫
14081

男のリズム　目次

Sho.Ike

本文カット／池波正太郎
本文写真／熊切圭介

劇場

ひとりの人間の〔人生〕は、たった一つしかない。

生まれるや、人間は、確実に〔死〕へ向って歩みはじめる。これだけが人間にとって、ただ一つ、はっきりとわかっていることで、あとのことは何もわからぬといってよいほどだ。おもえば慄然《りつぜん》とせざるを得ない。

ところで、その〔人生〕についてだが……。

多くの人びとは、かぎられた社会環境と、歳月のおどろくべき迅速な経過によって、自分でも気づかぬ多くの可能性を秘めながらも、

「たった一つの人生……」

を、えらんで行くことになる。

いや、えらべぬままに、不本意な一生を終ることすらある。

男女の邂逅《かいこう》や結婚も同じことで、一定の経過の後には、結果の良し悪しはさておき、いずれにせよ、

「もはや、取り返しがつかぬもの……」

に、なってしまうのだ。

人が、小説や演劇、映画などを好むのは、きびしく限定された自分ひとりの人生以

外の〔人生〕を夢見ることができるからかも知れない。

私は、小説の世界へ入る前に、十年ほど、いわゆる商業演劇の脚本を書き、演出をしてきた。むろん、好んで入ったこの道ではあったが、

(いったい、おれは何で、このような面倒な仕事をしなくてはならないのか……?)

われながら呆《あき》れ果てるときがあった。

そして結局は、この世界の泥沼から脱出することになるのだが、いまも尚《なお》、たまさかには芝居の世界へ帰って行くこともあるし、そのたびに、

(もう、二度とやるまい)

と、決意をかためるのだが、初日の舞台の幕があがるのを、見物席の後方に設けられている監事室で見るとき、またしても不可解な情熱が自分を抱きすくめてくるのをおぼえるのだ。

幕があがり、自分がつくりあげた自分以外の〔人生〕が俳優たちによって演じられて行き、そして二時間ほどで、その〔人生〕は終る。

私は、これまで、小説は別にして劇作の上で、何人もの人間の〔死〕を書き、その〔死〕にのぞんだ。

これを見る観客の胸の内にも、作者と同じような情熱が生まれているのではあるまいか。この二つがぴたりと合致したとき、観客は拍手を送り、作者は、自分のつくりあげた〔人生〕が紛《まが》い物ではなかった安堵《あんど》にためいきを吐く。

そして俳優は、見物席からでは想像もつかぬほどのスピードで頭上から下りて来る幕の彼方《かなた》から湧き起る拍手に酔う。

このとき、俳優の脳裡《のうり》には脚本も演出もない、ただ、自分の演技への陶酔があるのみだ。それでよい。それが俳優の生甲斐《いきがい》なのである。


私は、幼少の頃から、芝居好きの母に影響され、歌舞伎をはじめ、東京中の芝居という芝居は、好き嫌いの別なく、見てまわったものである。

その中でも、私が、もっとも好んだ舞台は〔新国劇〕のそれであった。

新国劇の創始者・沢田正二郎《さわだしょうじろう》は滋賀《しが》の出身で、早稲田大学に学んだのち、坪内逍遙《つぼうちしょうよう》や、島村抱月《しまむらほうげつ》などの新劇運動に参加したが、芸術座の舞台で、松井須磨子《まついすまこ》と紛争を起し、退座して〔新国劇〕を創立した。

旗あげ公演は東京の新富座《しんとみざ》であったが、それから関西へ移り、悪戦苦闘の連続のうちに、二年後の大正八年、現在も新国劇の〔古典〕として呼吸しつづけている〔月形半平太《つきがたはんぺいた》〕と〔国定忠治《くにさだちゅうじ》〕の上演によって、関西に圧倒的な人気を得た。

東京へもどったのは、大正十年で、この年に、沢田は中里介山《なかざとかいざん》の〔大菩薩峠《だいぼさつとうげ》〕を初演している。

沢田が苦難のうちに、つかみとったのは〔剣劇〕である。

若々しい座員たちのエネルギイは、舞台にきらめく剣を通じて表現された。

それは、従来の歌舞伎で見られてきた立ち廻《まわ》りとは、全く異質のもので、舞台上の生身の俳優が、まるで真剣をつかんで斬り合っているかのような、リアルな表現に、おそらく当時の観客は瞠目《どうもく》したこととおもわれる。

それから五十余年を経た現在でも、新国劇の剣技は、日本一といってさしつかえない。それはもはや伝統的な厚味をもっており、それぞれの脚本の性質や、登場人物の性格によって、つちかわれた剣技が縦横に発揮される。そのアンサンブルの見事さは、かつて私が、この劇団に関係していたころにくらべると、若干は見劣りがするけれども、それでいて尚、見事である。

新国劇の脚本のむずかしさは、この劇団のアンサンブルを生かさねばならぬところにあった。

ところで、沢田正二郎は、火花が散るような剣技で観客をひきつける一方で、菊池《きくち》寛《ひろし》・山本有三《やまもとゆうぞう》・真山青果《まやませいか》・長谷川伸《はせがわしん》など、第一級の作家たちの戯曲を上演し、歌舞伎でも新派でも不能の分野を開拓して行った。

沢田についての挿話《そうわ》を、いちいち、ここに書きのべていては、予定の枚数をはるかにこえてしまうだろう。

沢田は、苦闘時代に、座員たちと共にカレー・ライスの一皿を、二人して半分ずつ食べながら、

「いまに、きっと、みんなに、カツレツでもビフテキでも、おもうさま食べさせてやるぞ」

と、はげましたそうである。

また、これは成功を得たのちのことだが、公演中、ひどい雨降りとなり、その雨が、やがて熄《や》んだ。すると沢田は、みずから筆を取り、

「雨がやみました。空には美しい星がまたたいています。御安心の上、御ゆっくりと御見物下さい」

と書き、これを幕外へ掲示させた。

また、あるとき、観客の中に酔って大声に騒ぐ男を見た沢田は「他の御見物の迷惑になる」と、たしなめ、男を場外へ連れ出させたのち、その一場を、はじめから、やり直したという。

そして何よりも、沢田正二郎の最後が劇的なものであった。

昭和四年二月。新国劇は東京・新橋演舞場に出演し、大佛次郎《おさらぎじろう》原作の〔赤穂浪士《あこうろうし》〕を上演していたが、中耳炎を発した沢田は苦痛をこらえて舞台をつとめていたが、ついに倒れ、入院して約半月後に脳膜炎を併発し、三十八歳の生涯を終えた。

入院に際して、沢田は、劇団の理事・俵藤丈夫《ひょうどうたけお》に、

「おれが休むのだから、入場料は最高二円（三円八十銭が最高）までにしろ。新国劇の利益は一銭もいらぬ。病気で寝ていて欲張ったとおもわれるのは心外だ。おれを守

楽屋で出を待つ新国劇の役者たち。沢田正二郎以来の、
この劇団の剣技は、今なお日本一といっていい。

銭奴にしてくれるな」

と、いったそうである。

いずれにせよ、こうした数え切れぬほどのエピソードに彩られた沢田正二郎の短い、栄光にみちた生涯は、芝居を見ぬ人びとの耳へまでつたわった。

沢田の葬儀は、東京市の好意によって、日比谷音楽堂で〔大衆葬〕の名のもとにおこなわれ、十万余の人びとがあつまって弔意を表したといわれる。関東大震災の直後、沢田は、この日比谷音楽堂において〔勧進帳〕その他を上演し、市民をはげまし、なぐさめている。なればこそ、一個人の葬儀に、東京市は公共物の使用を許可したのであろう。

私も、幼い日に、母に連れられて行った帝劇で沢田の〔キリスト〕を見ている。

その舞台面は、おぼろげながら、おもい起すことはできるが、沢田の顔や声については何の記憶もない。

私などは、東京の浅草に生まれ育ったが、そうした下町の涼みばなしに、町の人びとが「沢正《さわしょう》が……」と、しきりに沢田のおもい出ばなしにふけっていたのを、おぼえている。母からも親類の者たちからも何度となく聞かされた。

私が新国劇の舞台をそれと知って見物に出かけたのは、昭和八年の二月であった。

私は小学校の五年生であった。このとき、私を東京劇場へ連れて行ってくれたのは、亡き従兄・小林重太郎であった。すでに、沢田正二郎が亡くなってから四年の歳月がながれている。この間、ただ一人の輝ける星を失った新国劇は、苦闘の連続であった。沢田をたすけて劇団の運営にあたっていた俵藤丈夫は、島田《しまだ》正吾《しょうご》・辰巳《たつみ》柳太郎《りゅうたろう》を抜《ばっ》擢《てき》し、この若い二人に〔スタア〕の座をあたえ、座員の協力をもとめつつ、ようやくに東京劇場へ進出することができた。

人びとの亡き沢田正二郎への追慕が、そのまま、新生の劇団へあつまったかたちで、二年後の新国劇の人気は爆発的なものとなったのである。

このとき、辰巳柳太郎は二十七歳であった。むろん、演技は拙劣であったろうが辰巳をもりたてる劇団員のアンサンブルがすばらしく、

「あのときゃあ、おれも死物狂いだった」

と、後年の辰巳が述懐しているように、舞台全体が異常な熱気をはらみ、十一歳の私は、頭を絶えず金槌《かなづち》でなぐりつづけられているような興奮のうちに、舞台を見終った。

この一日がなかったら、後年になって、おそらく私は、芝居の世界へ足を踏み入れることもなかったろう。

戦後、私が新国劇の脚本を書くようになったとき、すでに、俵藤丈夫は劇団を去っていた。何故、俵藤理事が去ったか、何故、劇団は俵藤と別れたのか……劇団員でなかった私が、その事情をのべることはつつしまねばなるまい。

『新国劇五十年史』には、

「敗戦によって、新国劇も生まれ変らねばならない。かつて自分が、ある程度行った独裁を一変し、民主的な経営方針で進むためには、いま自分が退陣することがもっともよい。また戦争パージの嵐は当然、演劇界にも及び、劇団責任者だった自分にもやって来るだろう。いまのうちに退座した方が、劇団のためにもなると考え……」

と、俵藤の言葉をのせている。

沢田正二郎の精神は、まさに、俵藤丈夫によって、うけつがれた。俵藤は島田・辰巳という未熟な若者二人を、ついに、沢田の跡を立派に継承するだけの演技者に育てあげた。

演技の上達は、上達をうながす脚本のちからに負わねばならぬ。

俵藤は、実力派の劇作家が一様に魅了されずにはおかぬ人間的魅力をそなえた立派な人物であった。

私も、のちに東宝舞台の社長に就任した俵藤の晩年に、知遇を得ている。

劇作家たちは、俵藤丈夫に魅了され、ついで、俵藤によって受けつがれた沢田在世のころをしのばせる劇団全体の魅力にとらえられた。私もそうであった。

島田・辰巳の二人は、沢田の遺《のこ》した演目を劇団の古典としてうけつぎ、これを見事に再現したばかりではなく、演技者としても、すばらしい力量をそなえるに至った。

しかし、この二人は沢田正二郎の精神をうけついでいるとはいえぬ。

その点、二人は〔俳優〕そのものである。

このごろは、ジャーナリズムが、若い俳優たちの〔わがまま〕を批判し、これを嘲笑《ちょうしょう》しはじめている。むろん、演技力の乏しい俳優のわがままは笑うべきであろうが、充実した演技のもちぬしならば、どのような〔わがまま〕もゆるされてよいだろう。

わがままのないスタアなどは、むしろ、スタアではないといってよい。

ただ、新国劇の場合は、あくまで俳優にすぎぬ島田正吾・辰巳柳太郎の二人が、指導者・俵藤理事と別れたのち、劇団の運営を兼ねることになったのが、不運であった。

しかし、俵藤が去った当座は、二人も、それぞれに責任の重さを痛感したにちがいない。

「何よりも、よい脚本を得ねばならぬ」

と、戦後、二人にとっては第二の苦難な時期を迎えたとき、島田も辰巳も必死で脚本の発掘に奔命した。

廃墟《はいきょ》の東京に、新国劇を復活せしめねばならぬ。その意気込みはすさまじいものであって、事実、二人は三度目の新国劇の黄金期を迎えることを得た。

私が二十七、八歳であったろうか。はじめて書いた脚本を島田正吾に見せたとき、薩摩絣《さつまがすり》に袴《はかま》をつけた島田は、名もなき私の脚本を押しいただくようにして「拝見させていただきます」と、いった。そのときの四十をこえた島田の初々しい姿を、私は、いまもって忘れ得ない。

北条秀司《ほうじょうひでじ》・中野実《なかのみのる》・宇野信夫《うののぶお》など戦前からの先輩にまじって、以後十年にわたり、私も新国劇のみに脚本を書いた。他からの仕事は、ほとんど断わっている。それほどに打ち込んでいたので、私は劇団の〔座付《ざつき》作者〕だとおもわれていたようだ。

この十年間の、新国劇の盛況は瞠目すべきもので、あぶらの乗り切った作者たち（私のことではない）の脚本がつぎつぎにヒットし、公演のたびに人気は沸騰《ふっとう》した。映画出演も重なり、劇団は一年のうちに、辛うじて一か月の休暇を得るのが精一杯で、東京・大阪・名古屋の大劇場公演がぎっしり詰まっていたものだ。

それは現在の、渋谷天外《しぶやてんがい》・藤山寛美《ふじやまかんび》を主軸とする〔松竹新喜劇〕のそれに匹敵するだろう。

この劇団は、何よりも劇団員、そのものがよかった。若い研究生たちは潑剌《はつらつ》としており、幹部俳優は素朴で謙虚そのものであった。島田・辰巳の両スタアは別にして、私ども作者たちは彼らと共に仕事をし、彼らと語り合うことがたのしかった。そして、彼らが二人のスタアを徹底的にもりたてようとはげむ熱意が好ましかった。なればこそ作者たちは、この劇団に協力を惜しまなかったのである。

「この盛況のときにこそ、つぎの時代を背負う役者を育てねばならぬ」

と、新国劇を愛する人びとは考えた。

当時、松竹新喜劇の、名実ともに座長であった渋谷天外は、大阪で私と食事を共にしたとき、

「もう、つぎのことを考えとかな、あきまへん。私は、藤山寛美を押し出して、私自身はすこしずつ、蔭《かげ》へまわって行こうとおもっています」

と、いったことがある。

もちろん、当時の藤山寛実は、有望な若手俳優の一人にすぎなかったのだが、そのときの天外の決意が、今日の新喜劇の隆盛にむすびついていることは、歴然たるものがある。

天外の決断は、彼が俳優としてのみでなく、すぐれた脚本家・演出家としての実力をもっていたことによって、実現したのではあるまいか……。

天外が、俳優のみの天外であったなら、こうも早く、自分ひとりの栄光のみにかかわることなく、劇団全体の将来を展望することができなかったかも知れない……と、私はおもう。

さらにまた、渋谷天外は一個の劇団運営者としても、すぐれた人であった。

戦後の新国劇は最盛期の頂点を迎えた。どこの大劇場からも迎えの手がさしのべられる。東京の公演が増えた。そのためには絶えず新しい脚本を準備せねばならぬ。だが、この強烈な個性をもった劇団のちからをフルに発揮できる脚本が、つぎからつぎへと息をつく間もなく提供されるわけがない。

このため、目前にせまる初日をひかえて、不満だらけの脚本のままに、幕を開けることになってしまう。

「いまが、いちばん、危ないときです」

と、俵藤丈夫は顔をくもらせて、私にいったことがある。たしか、新橋演舞場の廊下であったとおもう。

「沢田が、むかし、歌舞伎の忠臣蔵などを出したことがありました。世間では、それを沢田の冒険とか野心のあらわれだとかいってくれましたが、実は、そうではなかったのです。新国劇の人気が大きくなるにつれて公演が増え、よい新作の準備をすることができぬため、苦肉の策をとったわけでした。島田君も辰巳君も、よくよく苦しいおもいをしているでしょう。怖いのですよ、一劇団の繁栄はね。そこに、おもいがけない落し穴があるのです」

不幸にして、この俵藤氏の言葉は適中した。

新国劇の芝居は、やたらにテレビや映画の後を追いかけた公演を重ね、一時的にしのぎをつけるようになって行くのである。

そのころ、新幹線の車中で、私は、後ろの席にすわっている実業家らしい二人の老人が、

「このごろ、新国劇はどうです？」

「さっぱり行きません。行くたびにつまらなくなる。子供が見るような芝居ばかりになってしまったので、見る気がしなくなりました。沢田以来、ずっと見つづけてきたのですがね」

と、語り合うのを耳にしたことがある。

こうして、むかしからの熱烈なファンの足が遠退き、そのかわりに若いファンをつかもうとするのだが、もう、劇団のピントが合わなくなり、しだいに今度は公演が減って行く。劇場が、テレビや映画のスタアとの抱き合せでなくては新国劇を、

「買わなくなった……」

のである。

すでに私は芝居の世界をはなれ、小説だけの仕事になっていた。

（いったい、どうなっているのか……？）

と、心配ではあったが、もはや、ふたたび、芝居のせま苦しい世界へもどる気持にはなれなかった。

私が新国劇をはなれた理由を、くだくだしく書きのべてもはじまるまいが、ともか

く、島田・辰巳に代る若い芽を引き出し、これが或《あ》る程度の成果をおさめるようになると、どこか、見えないところから手が伸びてきて、たちまちに叩きつぶされてしまうことに、愛想《あいそ》がつきたからである。

叩き潰《つぶ》したものは、だれか知らぬ。

まさか、島田・辰巳ではあるまい。

この二人は、四十年も前に、俵藤理事の庇護《ひご》をうけて抜擢《ばってき》された〔若い芽〕だったはずだ。そのことを二人ともに忘れてはいまい。

自分たちの後継者を育成することに否《いな》やはないはずであった。

むかし、辰巳柳太郎と脚本のことで紛争を起し、喧嘩《けんか》別れになった私が、後に大阪で偶然に辰巳と会ったとき、二人きりで食事をしたが、そのとき、辰巳がしみじみと、こういったものだ。

「喧嘩をしたおれと君とが、こうして仲直りをしているのに、そのおれが、仲裁の役をしなくてはならないなんて、実に、ばかばかしいよ」

「およしなさい」

と、私はいった。

「そんなことをしなさるな。座長のあなたが、何故、そんなことをするのかわからないが、もう、芝居をはなれてのつきあいにしましょう」

いずれにせよ、得体の知れぬ何ものかが、辰巳と私との復活を阻《はば》んでいたとしかおもわれぬ。

こうした面妖《めんよう》な陰湿な人間関係が渦巻いている世界にくらべて、小説の仕事は実に気が楽で、おもうさま熱中することができた。

それはさておき……。

一劇団の生態、演劇興行の世界一つをとってみても、それは一般社会と隔絶しているように見えながら、恐ろしいほどに社会を反映するものである。

演劇の世界のみならず、いまは、どの社会、どの生活においても数年後の行手にそなえての身構えが失われつつある。

演劇の興行も、いまは〔勝負〕の興奮がない。団体客のみにたよりきっているのだから、政治家の選挙と同じで、初日が開く前から結果がわかってしまっている。

そして何事にも、当面の苦しさを切りぬけるための〔応急処置〕の連続によって、人間の〔持続の美徳〕は破壊されつつある。

歌舞伎俳優・片岡孝夫《かたおかたかお》は、新聞のインタビューに、つぎのようにこたえている。

「……心配なのは十年先、二十年先に義太夫狂言《ぎだゆうきようげん》ができるかどうか、ということなんです。なにしろチョボ（登場人物の行動や感情などを、舞台で、義太夫節で語る人）が少なくなっているし、現在やっている人が、みんな六十、七十の高齢者ばかりで、若い人がいませんからね。国立劇場などで俳優の養成をしていますが、チョボについても考えてくださるといいんですが……若僧の僕が、こんなことをいうのも変ですけど、関係者はみんなそういう危機意識は持っているんですけど、具体的になんにも手が打たれていないんですね。チョボがいなければ、いくら役者がうまくても芝居ができないんですからね。大変な問題なんですよ。十年後には、忠臣蔵なんか、できなくなるのではないかなあ」


行詰った新国劇は、ついに、俵藤丈夫の復帰を懇願した。

それは昭和三十九年五月二十一日のことで、俵藤は全座員を前に復帰の挨拶をのべ、帰宅して、旧知の作家たちへ、とりあえず電話で挨拶をおこなった。

この日を、われわれ部外者は十年も待っていたし、俵藤も、自分の生涯をかけて育てあげた劇団を再建する意気込みに燃えた。

「池波君。劇団へもどりましたよ」

と、私のところへも電話があった。

「ほんとうですか。それは何より、うれしいことです」

「御協力を願えますね」

「もちろんです」

「では、近いうちに、お目にかかって……」

電話の、その声は、よろこびにふるえていた。

そして、それから数分後に、俵藤丈夫は急逝してしまったのである。心臓麻痺《まひ》であった。

このときほど、私が茫然《ぼうぜん》自失したことはない。

新国劇の人びとのショックは、もっと烈しかったろう。

新国劇が、フジテレビと提携し、一時的に息を吹き返したのは、それから四年後であった。

しかし、これも失敗に終った。

三年の提携解消の折のインタビューにこたえ、

「これ以上、フジ側に多大な負担をかけるわけには行かない」

と、島田正吾は語っている。

こうして、新国劇は、またしても独立劇団にもどった。

この間の経過については、いま、何も語るべきではあるまい。

私が十数年ぶりで、新国劇へ新作を書き下したのは、昨年の二月、久しぶりの新橋演舞場公演のときであった。

これは、ひとえに、新国劇企画部長・高瀬敏光の奔走があったからである。彼の熱情がなければ、私はもどらなかったろう。私は、新国劇のみならず、つとめて、芝居の世界からはなれて行きたいとおもっている。

いまの私は小説が本業である。何よりも、この本業を大切にして行かねばならぬ。

面倒な人間関係の中で仕事をするのは、もう、たくさんである。

私は、島田正吾のために「雨の首ふり坂」という股旅《またたび》物を書いた。

十何年ぶりの新作の稽古《けいこ》であったが、島田との呼吸はたちまちに合い、島田が老体を若者のごとく躍動させて、

「これでもか、これでもか……」

と、まるで自分自身にいいきかせてでもいるかのような、熱のこもった稽古ぶりを見ていると、わけもなく俳優・島田と作者である自分との間に通い合う呼吸が、感じられた。

ついで、今年は国立劇場と、大阪・名古屋の自主公演に、私の作が出て、おもいもかけず、この二年間を、新国劇とすごしたことになる。

依然、島田正吾の稽古ぶりには、おどろくべき役者の執念がみなぎっていた。

「これでもか、これでもか……」

である。

息のあるかぎりは、断じて、劇団のスタアの座を退くまいとする熱気が、この老優の肉体から発散されているかのようにさえ感じられる。

今年の七月。

名古屋・御園《みその》座での公演は、さいわいに見物も入ってくれ、劇場にみちあふれた人びとの眼は、

「新国劇ならでは……」

の演目と舞台に、吸い寄せられた。

舞台も客席も、久しぶりに往年のムードに包まれ、双方の熱気が交流した。

初日の最後の幕が下りたとき、舞台で斬死をしたまま横たわっている老博徒・白須賀の源七に扮《ふん》した島田正吾は、割れ返るような見物の拍手を、どのように受けとめたろうか……。

私は監事室の椅子から立ちあがって、おそらく、この劇団での最後の仕事になるだろう舞台を閉ざした幕に、別れを告げた。

ちかごろ、文庫版として再刊された私の半生記『青春忘れもの』の解説を島田正吾が書いてくれ、その中で、

「……まるで、新国劇の座付作者のような池波さん、というより、ぼくたちにとって親類同様、いや兄弟同様の池波さんになってしまったのだった」

と、いっている。

なればこそ、私は二度と新国劇へはもどらぬだろう。

兄弟や親類の情で、むかしのごとく、このなつかしい劇団に関り合うことは、またしても自分の血を、

「荒らす……」

ことになる。

肉親の愛憎は烈しく、強く、まさに血が荒れる感がするからだ。

もはや、私も、おのれの血を荒らすことに飽いた。

さらに島田は、

「それはそれとして、池波さんとぼくとは、これから先もひょっとしてまた、芝居のことで意地っ張りの喧嘩《けんか》をするようなことがあるかも知れない」

と、のべている。

「御安心なさい、島田さん、ひょっとしては、もう二度とありますまい」

と、私はこたえよう。

十数年ぶりに古巣へもどり、二人して気持よく呼吸の合った仕事ができたので、このおもい出を、私は最後のものとしたい。

これからは芝居をはなれた男同士として、島田・辰巳両氏と、おだやかに後半生をつき合って行きたいものだ。

家

私は、関東大震災があった年、大正十二年一月二十五日に、東京・浅草の聖天町《しょうでん》六十一番地に生まれた。

折しも大雪の日で、父は勤めを休み、二階の八畳で炬燵《こたつ》にもぐりこみ、朝から酒をのんでいたが、何しろ大酒のみの父のことであったから、たちまちに酒が切れてしまい、母が近くの酒屋へ行き、酒を買ってもどる途中、にわかに産気づいたという。

帰宅して、猿若町《さるわか》から産婆をよび、私が生まれた。

産婆が二階へ駆けあがって、私の父に、

「生まれましたよ、生まれましたよ、男の子さんが……」

叫ぶや、父は炬燵へもぐったまま、

「寒いから、明日、見ます」

顔色も変えずにいったそうな。

父は、このように、いささか変った男であったが、父のことばかりはいえない。私にも、ちょいと、そうしたところがないではない。

父と母は、この家で約二年、暮したのち、大震災に遭《あ》って焼け出されたので、むろん、私は生家のことをおぼえていない。母がいうところによれば、玄関の格子戸を開けると三尺の土間があり、その上が三畳。奥の間が八畳で、その向うに縁側。五坪の庭に便所が突き出ていたという。階下はこれだけで、台所は玄関に接した一坪ほどの板の間に下流しがついていた。二階は八畳一間。瓦屋根《かわら》の仕舞屋《しもたや》で、家賃は八円だったそうである。

この家の間取りや、母の語る当時の暮しぶりを聞くと、そこにはやはり、江戸の名残りが、まだ色濃くたちこめていたようにおもわれる。台所には竈《かまど》があり、薪《まき》で飯を炊き、味噌漉《みそこ》しや擂鉢《すりばち》、擂粉木《すりこぎ》、水瓶《みずがめ》、水桶《みずおけ》などがあり、水も石井戸から汲みこんだそうだ。現代の女たちが電力やガスを指先ひとつで、わけもなく操作し、二、三時間のうちに片づけてしまう仕事に、むかしの女たちは、ほとんど一日中、追われ通しだったといってよい。

私ども年代の女たちが、おもいもかけず、七十をこえた母のような女の若いころの暮しをすることになったのは、戦争に敗《ま》けて荒廃しつくした戦後の数年があったからだ。

私は、昭和二十五年に結婚をし、駒込神明町《こまごめしんめい》の六畳一間の棟割《むねわり》長屋で世帯をもったが、炊事は薪や炭にたよらねばならなかった。ちなみにいうと、この長屋は新築で、六坪の中に部屋が一つと出入口、押入れ、台所、便所がおさまってい、家賃は月に千五百円だったとおぼえている。

ガスはなくとも水道があり、むかしの女たちの水汲みに要する時間は省けたにしても、近辺の女たちの労働は、いまからおもうと大変なものであった。

煮炊きをする火かげんに絶えず気をくばりながら洗濯をし、洗濯をしながら幼ない子たちを見守る。子たちの相手をしながら、夕の惣菜《そうざい》の事を考える。一つの事だけを考えていたのでは、うまく一日が運ばない。

必然、女の気ばたらきが磨きぬかれてゆくわけである。

現代では、何事も電気がやってくれて、女たちには大量の余饒《よじょう》時間がめぐまれるようになった。

先日。都内の或《あ》るデパートへ行き、ちょうど昼どきだったので食堂へ入った。昼食時のデパートの食堂は、さまざまの女たちでいっぱいになる。私と同じテーブルに、四人ほどの三十五、六に見える主婦たちがいて、天丼だのカツレツだのチャーシュウメンなどを食べながら、大声で語り合っていた。

まず、こんなぐあいだ。

「亭主なんか、キンゾウキよ」

「何、それ？」

「キンは金。ゾウは造《つくる》。キは機械」

「アハ、ハハ……つまり、お金をつくる機械ってわけね。そうね、そのとおりだわ」

「あら、それじゃ、もったいないくらいだわ。亭主なんか、フンゾウキよ」

「フンって……あら、いやだ。まあ、ウンコのこと？」

「ええ、そう」

「アハ、ハハ……」

「ヒ、ヒヒ……」

「亭主なんか、ポリバケツだわ」

つまり、台所の食べ残しを捨てるバケツのことをいっているらしい。

「だから、何でもいいのよ。口へ入るものでさえあれば、ね」

「ほんと。そのとおりだわ」

「明日は、Mさんとごいっしょだったわね」

「ええ、一時に駅で……」

「アラ。お二人で、何処へいらっしゃるの?」

「あの……これは、秘密。ね、Mさん」

「ええ、秘密、秘密……」

そのうちに、また、妙なはなしがきこえはじめる。

何だか、大きいとか、小さいとかいっては、彼女たちが笑いころげているのだ。私は知らぬ顔をして鮨《すし》をつまみながら耳をそば立てた。

どうも、その大きいとか小さいとかいうのは男の〔もちもの〕のことらしい。

「ほら、駅前のスーパーの魚屋のおじさん、アレ、大きそうだわ」

「アラ、ほんと?」

などといっている。

そのうちに、スワッピングのはなしがはじまったので、私はテーブルからはなれた。

これは嘘いつわりもなく、私が目撃し、耳に聞いた事実である。

あえて、批判はすまい。

いずれにせよ、現代女性たちが享受している時間の余饒が衆人環視の中でのこのような会話を生むことになったのは事実だ。もっとも、日本の女のすべてが、こうではないことを申しそえておきたい。


さて……。

関東大震災で焼け出された父母と私は、一時、埼玉県・浦和へ疎開し、数年後に東京へもどり、下谷《したや》の上根岸《かみねぎし》へ家をもったが、間もなく、父母が離婚をしたので、私は母と共に、浅草・永住町《ながずみ》にある母の実家へ引き取られた。

ときに、私は七歳で、それから戦争に出て行くまでの十数年を永住町で暮したことになる。

母の実家には、まだ祖父母と曾祖母《そうそぼ》が存命で、ただ一人の孫の私に慈愛をかけてくれた。祖父は錺《かざり》職人であった。

この家は玄関も何もない、いきなり道路から長四畳の部屋。つぎが六畳、台所。二階は三畳と六畳の二間で、裏手の屋根に物干しがついており、ここへ出ると、はるか彼方《かなた》の上野駅に発着する汽車が見えたものだ。大震災後の典型的な下町の家であって、土地は借地であったが、家は祖父が建てた。近辺は、いずれもこのような家ばかりで、炭屋・油屋・洋服屋・弓師・仏師・鍛冶《かじ》屋・八百屋・下駄《げた》屋・駄菓子屋・酒屋など、すべて人びとが手足をうごかして品物を造り、これを商う姿を、子供の私たちは朝に夕にながめて育ったのである。この時代の生活が、いま、時代小説を書いている私にとり、どれほど実りをもたらしているか、はかり知れぬものがあるといってよい。

幅五メートルの道路は、これらの家の人びとの共通の社交場であり、子供の遊び場所であった。当時、自動車の類《たぐい》は、町中の道をほとんど通らず、しかるべき大通りのみをえらんで走行した。たとえば〔十二間《けん》道路〕とよばれたような大通りが、車馬やトラックの通行路として設けられていたからである。

われわれの町の道すじは、文字通り、天下の公道であって、われわれがおもうさま、いろいろなかたちで利用することができたのである。冬は焚火《たきび》もできて、その灰の中へサツマイモを突込んでおき、子供たちが火を囲みつつ、イモが焼けるのを待つという、現代では田園の子供のみにゆるされたことを、東京の下町の子供は享受できたのである。

夏は、各家が必ずそなえていた縁台を路上へ出し、涼風をたのしみながら将棋を指したり、語り合ったりする。

夕暮れになると、蝙蝠《こうもり》さえ飛び交っていたのだ。

一日は先ず、納豆売りの少年の声に始まる。季節によって、金魚売り、苗《なえ》売り、竿竹売り、蟹売り、朝顔売り、定斎屋《じょさいや》（薬屋）それに威勢のよい浅蜊《あさり》売りの声などが朝から日暮れまで絶えなかった。夜ふけてからは火の番の柝《き》の音である。

こうした日本的な町の情緒を書きのべていたら切りがない。情緒をうしなった町は〔廃墟《はいきょ》〕にすぎない。

町の人びとは、共通の道を大切にした。今朝は我家の者が両どなりの家の前を掃き清める。すると翌朝は、となりの人がお返しをする。車庫もない自家用車を他人の家の玄関前に停めて平然としているような東京人《びと》は、一人もいなかった。

母は、父と別れてのち再婚をしたが、また出て来てしまった。このときに弟が生まれている。

それからの母は、祖父亡きのち、男の子二人を女手ひとつに育てたわけだが、当時の東京は一所懸命にはたらくものを飢えさせてはおかなかった。となり近所は何事にも助け合って、これが母のような女にとっては、どれほど心強かったか知れない。私たちの教育は、すべて小学校の先生が引きうけてくれ、親たちは安心して、まかせきりだったし、母が私の学校へよばれて行ったのは、いたずらがすぎた私への注意をうけに行ったのが二、三度。それきりであったという。

また、一つの家には、平常の場合、かならず老人がい、夫婦がい、子供がいた。老人のいない家は〔家〕ともおもわれなかった。老人がいないと、衣食住の基本が若い女たちへつたえられない、おぼえられないからであり、おぼえられなくては日々の暮しに女自身が困るのであった。これがすべて、金しだいで何とでもなり、電気がすべてを仕てのけてくれる現代では、なるほど、老人が要らなくなるわけである。

下町の貧しい人びとは、年の暮れがやって来ると、どのようなむりをしても畳を新しく替え、障子を貼り替えた。母などは着物を質に入れても、そうした。私も十歳ごろから障子の貼り替えをさせられたものだ。子供の私が小さな剃刀《かみそり》を口にくわえ、片手に持った刷毛《はけ》で障子の骨へ糊《のり》を打ってゆくとき、そくそくとして年の暮れの雰囲気が身に感じられた。そうして、新年を迎える仕度がととのった、小さな家にたちこめる香りは、また何ともいえずに清《すが》すがしい。

新年は、こうしてやって来る。

夏は、祭りのそろいの浴衣《ゆかた》からはじまる。両国の花火は我家の屋根からも見えた。

四季のない町は、日本の町ではない。

ともかく、そのころから四十年を経たいま、私は、いま書きのべたような〔暮し〕を、いまのところは何とかつづけて来ているが、これから先のことはわからぬ。東京の変貌《へんぼう》は、こうした人びとの暮しを、すべて奪い取ってしまったが、せめて私の家の中だけでも、むかしから馴《な》じんだ暮しをつづけているところだ。それに、そこは五十年も東京で暮しているのだから、砂漠の中のオアシスを見つけ出すように、むかしのままの〔東京〕を、現代の〔東京〕に見出《みいだ》すこともできないではない。

ただし、これから先のことをおもうと、慄然《りつぜん》となる。

私の先祖は父方母方、何代にもわたっての東京暮しなので、逃げて行くべき〔他国〕がないのである。

そのかわり、他国から来た政治家や木ッ葉《こぱ》役人が、私どもの町々を滅茶苦茶《めちゃくちゃ》に掻《か》きまわし、叩き毀《こわ》してしまった。

戦後、私は神明町の棟割長屋から、現在の品川区荏原《えばら》へ三十坪ほどの地所を得て、住宅金融公庫から金を借り、二階一間、階下二間の小さな家を建て、二度ほど改築したのち、五年前に、現在の家を同じ場所に建てた。

やむなく、建てざるを得なかったのだ。

仕事に必要な書物の置場が、どうにもならなくなったからである。これは食べもの屋が店を改築するのと同じことで、母などは以前のままのほうがよかったらしいが、改築にふみ切った。

他の土地を買い、庭もあり、家もややひろくすることは、金を借りて出来ることだったが、女たちが現在の町に愛着をもってい、近辺の人たちとの交流をこれからも存続させてゆきたいというし、あえて、現在の場所で改築することにした。

私も家では「お山の大将」なのだが、こうしたときの家族の意見は重く看《み》る。

二十年も、いまの場所で大過なくすごしてこられたのは、町が家族の性情に合っているからであり、これを無視すると、家庭生活にまで種々の影響がおよんで来る。

地所がせまいので改築のためには、一時、他の町へ仮住居《かりずまい》をせねばならなかった。こうしたときには、よほど、神経をくばらぬといけない。

感覚の敏感な家畜などは、転居すると病気になったり、死んでしまったりする。我家の飼猫も、約半年の仮住居と、改築された家へもどって来る間に、二匹とも死亡してしまった。

母も家人もわずかではあったが、健康を損ねたようである。男は、いちいち家族の気を引き立てるようにし、先ず自分自身の健康を、特別に気をつけなくてはならない。

たとえ、そうしたことが、そのときはスムーズに運んだように見えても、後になって、おもわぬ結果となることが間々《まま》あるのだ。

私の幼ないころからの友人は、職業上やむなく、この二十六年間に十二回も、日本の北から南へ転勤しつづけた。そして近年、やっと浦和市へ家を建てて落ちついたのだが、先日、夫婦で私の家へ見えたとき、私は、つくづく、友人の細君をほめたたえずにはいられなかった。風土も気候も人情も異なる土地へ絶えず住み替えて行きながら、夫婦も二人の子も健康を持続しつつ、二十余年を切りぬけて来たということは、友人はさておき、その細君に敬意を抱かざるを得ない。

私の遠縁の女は、夫に従って、北国へ移り住み、そのときの気苦労がもとですっかり躰《からだ》をこわしてしまい、東京へもどってから数年後に病歿《びょうぼっ》している。

近年は、銀行から莫大《ばくだい》な借金をしても、早く新築しておけば、インフレの進行度が速いから、結局は有利になるということで、

「借りろ」

「建てよう」

と、だれもが先を争って家を建てはじめた。

それは、それでよいのであろうが、大金を借りたからには返さねばならぬ。大きな事業でもしていれば別のことだが、個人の場合は、はたらき手の肩一つにそれがかかってくる。借金を背負える年代にもよるし、いかにインフレ時代といえども、その影響は目に見えぬところではたらいている。

戦前の東京人は、自分の家を建てることなど、夢にもおもわなかった。どこにも手頃な借家があったからだ。いまは借家なり貸マンションなりの費用と収入のバランスがとれない。どうしても自分の家をもたなくてはならないというあせりにとらわれる。人口が増加する一方で、さらに家族が分裂するから、高層のアパートの一劃《いっかく》を買うよりほかに仕方がなくなる。

都市計画も何もない、ただ高層集合住宅を増やせば、事が解決するという都政であ

り国政なのだから、人間は家畜なみにあつかわれる。

だが、家畜になればなるほど、動物感覚が圧迫されて来て、人間の人間たる特長が失われてゆく。

先日、集合住宅の階下で、少女が鳴らすピアノの音にいらだった男が、少女と、その母を殺害した事件。あのような事件は、これから頻発《ひんぱつ》するようになるだろう。

家畜の神経は、人間よりむしろ敏感に音響の衝撃をうけ、これを堪え切れぬ。それは他の動物の生態を見れば、たちどころに判然とするのである。

私の家は、母・家人・私の三つの部屋と、応接間。それに書庫から成っている。浴室・便所をのぞいては五部屋にすぎない。しかし、これを三十坪の土地へ建てるとなると、どうしても書庫だけが、はみ出してしまう。やむなく、三階建にした。この町の、これだけの地所へ三階の家を建てることになると、それはコンクリート造りでなければ許可されない。

三階は屋根裏のかたちで、すべて書庫にし、物干しの露台をつけることにした。

そこで、だれに設計をたのもうかと考え、いろいろ建築雑誌を見ているうち、F誌にのっていた辰野清隆《たつのきよたか》設計の家を見て、

「これだ」

と、おもった。

その家は、私のイメージと同じものではなかったが、辰野氏なら安心をしてまかせ

られると直感したまでである。

そこで、F誌の編集者に辰野氏を紹介してもらい、一夕、食事を共にし、改築前の家へも来ていただき、私の考えている家というものを辰野氏へ語った。

一か月後に、設計図が出来た。

一目見て、

「これで結構です」

と、私はいった。

注文としては、屋内の戸のすべてを〔引戸〕にしてもらうことだけであった。ドアは異国のものである。国土が小さく、人口が多い我国の個人建築にはまったく適さない。

洋風家具も同様に適さない。

私の書斎は洋風にしてあるが、これは仕事の上での便利さからで、他の家族の部屋はいずれも日本間だ。応接間は、洋服の訪問者のためのものである。どうしても、これは、椅子とテーブルを置かなくてはならない。

工事中、ほとんど、私は見に行かなかった。

家人は、青山の仮寓《かぐう》から、三日に一度は通って近所の人びとへ挨拶をしたり、わびごとをいってまわったりした。

コンクリート工事の音響は、近辺の人たちへ、ひどく迷惑をかけるからであった。

品川区荏原にある著者の家。子供たちの遊ぶ声や
近辺の人々の立ち話の声も耳に入る。

ともかく、半年だけ、辛抱をしていただいた。

こちらも、礼をつくしたつもりである。

工事が終って、帰って見ると、私のおもったとおりの家が出来あがっていた。

そのかわり、庭はまったく消えた。

廊下もない小さな家なのだが、老母と、すでに老年に近づきつつある私どもが住み暮すには、これほどの家がちょうどよいのだ。これ以上、ひろくなると掃除も行きとどかぬことになってしまうだろう。

応接間の外は、前の道である。

子供たちの遊ぶ声がきこえるし、近辺の人びとの立ちばなしの声も耳へ入る。こうした環境は、浅草のむかしの家そのままで、南面の隣家の庭は、まるで我家の庭のようなものだ。この隣人との親密な交際があったので、私も、ここをはなれなくてもよい気持になったのだ。隣家との境は、申しわけ程度の低い垣根《かきね》のみである。双方の家族は庭づたいに、行ったり来たりしている。

この家を建てるとき、電気と石油のみにたよるのではなく、むかしの私や母が暮していた家のような、いまでは原始的だといわれそうな設備をしておきたいとおもったが、それは、かぎられたスペースの中で、やはりむりであった。

そのときの不安は、いまも消えていない。

水と日光と土への恩恵を忘れた都市は、かならず、大自然の報復を受ける。

いまから、覚悟している。

老母が、まだ健在だし、世間に対して若干の借りもあるので、あと二十年ほどは私も生きていたいとおもっているが、その前に、私が生まれてこの方、つづけて来た家の暮しは崩壊してしまうかも知れない。

ちかごろの日本は、何事にも、

「白」

でなければ、

「黒」

である。

その中間の色合が、まったく消えてしまった。

その色合こそ、

「融通」

というものである。

戦後、輸入された自由主義、民主主義は、かつての日本の融通の利いた世の中を、たちまちにもみつぶしてしまった。皮肉なことではある。

もっとも、百年前のアメリカが、そうだったらしい。

日本も、この新しいモラルを自分のものとするまでは、百年かかるのだろうか。

人為の文明と共に歩むのなら、百年も遠しとはしない。

だが、科学と機械の暴力を押え切れぬかぎり、日本の自由民主主義は、百年をもちこたえられないとおもう。

科学と機械の文明の中で、せまくて小さな日本の国にふさわしいものだけを採り入れることができぬかぎり、日本人の〔家〕は、すべて、ほろび消えるであろう。

そのあとには、得体の知れぬ東洋人が生き残り、まったく別種の国体を造りあげるのかも知れぬ。

私は、できるかぎり、私が生まれ育った東京の暮しをつづけ、ちからつきたときは死のうとおもう。

死ぬことは未経験のことゆえ、怖いけれども、いま、死んだところで、こころ残りはまったくない。

食べる

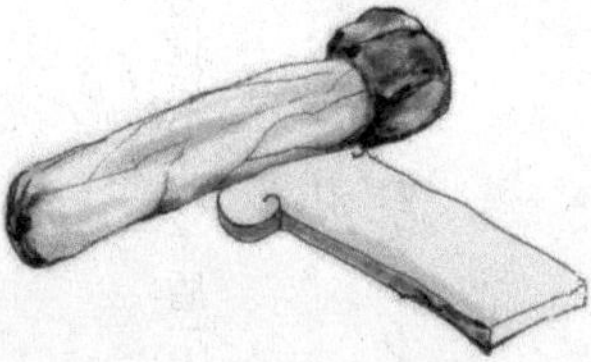

人間は、生まれると同時に、確実に〔死〕へ向って歩みはじめることを、〔劇場〕の項でのべておいたが、その〔死〕への道程をつつがなく歩みきるために、動物は食べねばならぬ。

これほどの矛盾があるだろうか。

この一事を見ても、いかに、人間と人間がつくりあげている世界が〔矛盾〕にみちみちているかがわかろうというものだ。

われらの先人たちは、この道理をよくわきまえていたようにおもわれる。

〔矛盾〕を〔矛盾〕のままとして、物事を解決する術《すべ》をわきまえていたということだ。

死ぬために生き、生きるために食べる。

それはつまり、

「死ぬために食べていること……」

にもなる。

まさに、矛盾そのものである。

しかし、人間という生き物を創りあげた大自然は、他の生物とは比較にならぬ鋭敏な味覚を付与してくれた。

これがために、人間は多種多様の食物を生み出し、多彩な料理法を考え出した。

「うまい」

と、好みの食物に舌つづみを打つとき、人間は完全に、いま、食事をすすめている一刻一刻が、死に向って進みつつあることを忘れきっている。

つい、先ごろのことだが……。

台所で茶のみばなしをしているとき、私の老母が、

「私が夢中ではたらいているころ、十日に一度は御徒町《おかち》の金鮨《きんずし》へ行かなきゃ、腹の虫がおさまらなかった」

などと、いい出した。

よくよく聞いてみると、それは、子供の私と弟と祖母・曾祖母《そうそぼ》を女手ひとつに抱えて、三十をこえたばかりの母がはたらいていたころのことになるらしい。

当時、私どもの家は、下谷御徒町からも程近い浅草永住町にあったのだが、私も舎弟も、御徒町の金鮨なる店へ連れて行ってもらったおぼえは、

「一度もない」

のである。

それなのに母は、十日に一度、かならず金鮨へ立ち寄り、ひとりで鮨をつまんでいたという。

「知らなかったな。おれは一度も、つれて行ってもらったことがない」

「そりゃ当り前だ。つれて行かなかったんだもの」

私と弟のみか、祖母も曾祖母も、むろん、つれて行ったことはないと老母は言明をした。

「言語道断だ。とんでもない子不孝だ」

と、私はいったが、むろん、冗談にである。

もっとも、当時の私と弟が、この母の秘密を知ったら、おそらく憤慨したにちがいない。

いうまでもなく、私どもをつれて行きたいのは、母も山々《やまやま》のことであったろう。しかし、それは母の経済がゆるさぬ。

我家も貧乏の最中《さなか》であって、私が旧制小学校を終え、すぐに兜町《かぶとちょう》の株式仲買店へはたらきに出たとき、店へ挨拶に来た母が、女持ちの雨傘が買えず、はたらいている先の大きな番傘をさしてあらわれたのを、いまもおぼえている。この一事をおもってみても、母が女持ちの傘を買うより、むしろ鮨をつまむことへ、乏しい財布の口をひらいたことがわかろうというものだ。

そうした中で、十日に一度はひとりで、大好物の鮨をつまむ。こりゃあ怪《け》しからぬ。それだけの余裕《ゆとり》があったら、自分の子や母・祖母にも何かしてやったらいいではないか。それでこそ女だ。それでこそ人の親ではないか……と、おもわれるむきもあろうが、うちの母の考え方は、すこし、ちがうのだ。

初婚、再婚に破れ、二人の子と共に実家へ帰り、血眼《ちまなこ》になって家族を養っている。いまおもうと、女ながら殺気立っていたのは当然であって、それはまあ、大変なことだったろう。

だが、何のたのしみもなしに、長い年月をはたらいているだけでは、油が切れてしまう。

十日に一度、おもいきって、ひとりきりで大好物の鮨をつまむ。それで、はたらく甲斐《かい》も出て来る。また十日たつと、金鮨へ来て、好物の赤貝のヒモやらマグロの鮨などを腹中へ入れることができる。

「ああ、おいしい……」

と、食べ終って、大きな茶わんになみなみとくみこまれた香ばしい茶をすすりながら、おそらく母は、まるで、気楽な女の独り暮しをしてでもいるかのような充実感をおぼえたことであろう。

そこへ、子供の私と舎弟がくっついていたのでは、まったく打《ぶ》ちこわしてしまう。

逃げ切れぬ現実の世界によびもどされて、鮨の味までちがってきたろう。

まず、このように、十日に一度、好物の鮨をつまむことだけでも、人間というものは苦しみを乗り切って行けるものなのだ。

つきつめて行くと、人間の〔幸福〕とは、このようなものでしかないのである。

「それでは、あまりにも低俗すぎる」

といわれても、私は、そうおもわざるを得ない。頭脳の栄養も多くとるにこしたことはないが、肉体の栄養が人間にとって、もっとも大事だ。この場合の栄養という意味は、贅沢《ぜいたく》な食物や料理のことではない。肉体そのものの機能をいうのである。

たとえ一本の大根、一個の芋、一尾の干魚にしても、これを口中に入れるときの愉楽が、頭脳へまで波紋のごとくひろがってゆくイマジネーションを、人間の肉体はそなえていなくてはならぬ。

そのことを、いうのである。

私も舎弟も、まず、このような母に育てられたわけだが、貧しい暮しの中にあって、三度の食事だけはおもうさまに食べた。私どもばかりでなく、四、五十年前の東京の下町の子供たちは、学校から帰ると無我夢中で遊びまわった。むかしの東京には、いくつも草地があり、材木置場があり、躰《からだ》をつかっての遊びの場所に事を欠くことはなかった。当然、腹が空《す》く。

食べざかりのときであるから、駄菓子《だがし》屋で飴玉《あめだま》や煎餅《せんべい》では、到底、腹の虫がおさまらぬ。

そうしたときは、家へ飛んで帰り、飯櫃《おはち》の中の飯を自分で握り、その握り飯へ味噌《みそ》を塗ったり、ときには口やかましい祖母の目をかすめ、焼海苔《のり》を一枚取って来て、これを冬などは外の焚火《たきび》で焙《あぶ》り、握り飯をくるんで食べたりした。

五、六人あつまると、小遣銭を出し合い、肉屋で売っているポテト・フライを買って来る。

八百屋の子は、自分の店で売っているキャベツの葉を数枚引きはがして来る。

別の子は金網を持って来る。ソースを持って来る。皿を持って来る。

そして焚火をし、金網をかけ、この上で冷えてしまったポテト・フライをこんがりと焙る。その熱いやつを皿のソースへじゅっとつけて、きざみキャベツや握り飯と共に食べるうまさというものは、

「実に、こたえられなかったな」

と、当時から、いまもつき合っている友達がいう。

とにかく、大人のまねがしたい。

一日に、二銭三銭ともらう小遣いをためておき、五、六人が一か月も買い喰いを辛抱して、牛肉のすき焼きを、焚火でやったりした。家で大人のやることを見ているから、醤油《しょうゆ》や砂糖で味をつけることもできた。しまいには、こうしたときに使う鍋や金網をあつめ、われわれが共有の隠し場所へ常備しておくようになったものである。

近辺の寺の石地蔵を祀《まつ》った堂の中だとか、大きな樹の洞《ほら》の中だとか、それをまた、映画に出て来る山賊にでもなったつもりで、いろいろにたのしむのだ。

こういうことを好まぬ子もいたが、下町の子はほとんど、食べることによって大人

ぶりを発揮しようとした。

こうした子供のころの体験が、いまのわれわれに、どのような影響をおよぼしているだろうか……。

よくはわからぬが、私の場合は一日たりとも、食べることに無関心ではいられなくなってしまったようだ。

私を可愛いがってくれた曾祖母が八十をこえて、老衰の床についたとき、亡くなるまでの三か月間、私は小学校から帰ると、すぐさま台所で、曾祖母が好物の素麵《そうめん》を茹《ゆ》であげ、附汁《つゆ》までつくった。

できあがって盆に載せ、二階の三畳に寝ている曾祖母の枕元へ持って行くと、曾祖母はさもうれしげに笑って、巾着《きんちゃく》の中から二銭くれる。

別に、それがほしくてやったわけではない。

母は働きに出ているし、祖母は家事にいそがしい。だから、十歳の私がやったまでだ。

曾祖母が亡くなったとき、毎日もらう二銭が一円五十銭たまっていた。

そこで、すぐさま、かねてから食べたいと念願していたビーフ・ステーキを、上野広小路《ひろこうじ》の松坂屋の食堂へ食べに行ったものだ。

食券を売っている女店員が、

「お母さんは来ないの?」

と、問いかけたことを、いまもおぼえている。

そのときのビーフ・ステーキの味は、いまも舌に残っている。

それと、上野駅前にあった地下鉄ストアの食堂のホット・ドッグ。胡椒《こしょう》のきいたホワイト・ソースがかかっている、ちょっと変ったホット・ドッグで、ポテト・サラダが添えてあった。これが十五銭。なんともいえずにうまかった。

私は、このように、毎日の小遣いを、その日のうちに、食べなれた飴玉やヨウカンなどに変えてしまうよりも、ためておいて、大人の食べる物を食べようとしたことだけはたしかだ。

どこだったか、おぼえていないが、何か食べに出かけ、その店の女中に、

「お父さんといっしょに、いらっしゃいね」

ことわられたおぼえがある。

金を出して見せたが、信用してもらえなかったらしい。小学校五年生のときであった。

男というものは、

「台所へくびを突っ込むものではない」

と、よくいう。

一時、私どもと一緒に暮していた叔父《おじ》（母の弟）に、曾祖母の素麺をつくっている私が、

「男が、そんなまねをするな」

叱られたことがある。

これは、徳川幕府が男女の規範を、いろいろと面倒にきめてしまってから出来あがったイメージであって、江戸時代の初期から戦国時代にさかのぼると、そんなことはすこしもない。

男はみな、台所へくびを突っ込んでいる。

豪傑だの英雄だのとよばれた男たちも、みな、食べることにはうるさい。

織田信長《おだのぶなが》・豊臣秀吉《とよとみひでよし》・加藤清正《かとうきよまさ》……など、それぞれに好みの料理人を抱えており、客をもてなすときの献立などを熱心に検討している。

かの伊達政宗《だてまさむね》は、戦国大名の中でも武勇のほまれが高く、秀吉も家康も一目を置いた英傑であるが、こういっている。

「……かりそめにも客を招き、これをもてなすとあらば、先《ま》ず、料理が第一である。亭主が台所《かって》に入って、よくよく吟味もせずに、念の入らぬ料理を出し、さしあたって虫気《むしけ》でもあったなら、客に対して無礼きわまることだ。そのようなことになるのなら、はじめから客を招かぬほうがよい」

徳川家康は、天下人となり、初代徳川将軍となってからも、平常の生活は質実剛健

そのもので、寒中など、江戸城内にいるときに足袋《たび》をはかなかった。その素足がアカギレやヒビ割れで、血がにじんでいても平気であった。

桑田《くわた》忠親《ただちか》氏が書かれた物の中に、その家康が、ある茶会のとき、

「汁を二十もこしらえさせよ」

と、命じたことが出ている。

そのとき、重臣の本多《ほんだ》正純《まさずみ》が、

「数寄《すき》向きの懐石《かいせき》料理に、二十もの御汁はいりますまい」

言上したところ、家康は、

「二十の内には、できばえのよい汁が二つや三つはあるものだ。上野介《こうずけのすけ》（正純）は料理の嗜《たしな》みがないから、そのようなことを申すのじゃ」

たしなめておいてから、台所へ「どれほど、たくさんにこしらえてもかまわぬ」と、伝達させたという。

終戦直後は、だれしも食糧に欠乏し苦労を重ねたが、三、四年たって、すこしは物資も出まわるようになったころ、私は、まだ独身で、母や弟と別に暮していた。

そのとき、日に一度はかならず、自分で飯を炊き、惣菜《そうざい》をつくったものである。外へ出て食べることもできないではなかったが、夕飯の仕度だけは自分の手にかけた。

一塊《ひとかたまり》の豚肉とキャベツを、

（どうして食べてやろうか……）

考えぬいて、こしらえてみる。

どうも、そのようにせぬと食物に、

(ちからが入らぬ)

ような気がしたものだ。

金をもっているわけではないのだから、外へ出て食べて見ても、

(実にも皮にもならぬ……)

ようにおもえてならなかった。

たとえば、そのときに持っている金で、

(今夜は豚肉が食べたい)

と、おもう。

街へ出ても、まだ蕎麦《そば》屋ですら復活していない時代であったから、トンカツなり豚汁なりを食べようとおもえば、闇値の食べもの屋へ入らねばならぬし、それが嫌なら外食券を持って公認の食堂へ行かねばならぬ。

そうしたものを、いくら口に入れても、母のいいぐさではないが、とても明日への活力は生まれて来なかった。

ところが、しっかりと自炊をすれば、たとえ一片の豚肉でも、味に、ちからがこもるものである。

世帯をもってからは、ほとんど台所へ入って包丁を取ったりはせぬ。

ただし、くびは突っ込む。

家族のことは知らぬが、自分が食べる物だけは好きにする。

豚肉なり、魚なりがあるとして、家族は別にいろいろとあんばいをして食べるのだろうが、私は、

「それならば、これをこうしてくれ」

と、注文を出す。

家人が、

「今夜は、こうしたいとおもう」

といい出て、それが気に入れば、だまっている。

この稿を書いている今日の夕飯は、豚肉の小間切れとホウレン草だけの〔常夜鍋〕と鰯の塩焼。これで冷酒を茶わんで二杯。その後で、鍋に残ったスープを飯にかけて食べた。

昨日は、大根の煮つけに、鶏肉《とりにく》の小間切れと玉ねぎの炒《いた》め物。それだけである。

客に招《よ》ばれたとき、客を招ぶとき以外には、あまり贅沢《ぜいたく》はしていない。

しかし、小間切れ肉をつかうときでも、私なりに、

(念には念を入れて……)

食べているつもりだ。

死ぬるために食うのだから、念を入れなくてはならないのである。

なるべく、

（うまく死にたい……）

からこそ、日々、口に入れるものへ念をかけるのである。

近年は、客をするとき、行きつけの料理屋でしてしまうようになったが、こういうときは、やはり、料理の味がわからぬ。知らず知らず、客へ神経を配っているからであろう。

こちらが客になるときは、朝昼兼帯の第一食を軽めにしておく。または食べないでおくこともある。

日記には、その日に食べたものだけを書いておくのだが、数年後、それを見ると、その日の出来事のすべてがまざまざと浮かんで来ることがある。

こうした生活が、ごく自然に身についてしまっているので、いまさら、どうしようもないのだ。

家庭では、さぞ食べ物に口やかましいのだろうと、人びとはいうが、私の家ほど、女たちが楽な家はあるまい。

今夜の惣菜を何にしようか、と、女たちがおもいなやむときは、たちどころに答えを出してやるし、また、できあがった惣菜がうまければ、

「うまい。よくできた」

真底からほめてやる。

著者行きつけの上野の「花ぶさ」。板前に注文する料理のすべてに、こまやかな要請がとぶ。

外へ出たときに、ひとりで食事をすることもないではない。

そうしたとき、家庭ではどうしてもうまくゆかぬものを食べる。強い火力を必要とするもの。専門店でなくては食べられぬもの。専門的な道具がそろっていなくては出来ぬもの、を食べる。

日本橋の小さな天ぷら屋で食べるときは、第一食を食べないでおく。亭主が前で揚げてくれるのを、片端から息もつかずに食べる。これでないと、天ぷらを食べたことにならないからだ。酒も、その間に一合のめればよいほうだろう。

鮨《すし》も同様である。

だらだらと酒をのんで男たちが語り合っているそばで、揚げられた天ぷらが冷えかかっているのを見るほど、滑稽《こっけい》なものはない。

この天ぷら屋では、亭主がひとりで揚げる。揚げるほうも全神経をこめ、火加減を見ながら揚げているのだから、一組の客か、せいぜい二組の客しか相手にできない。

だから、ほとんど宣伝をしない。

口づたえで来る客だけを相手に商売をしているのであって、亭主はもう、死ぬ覚悟で揚げている。こういう商売の仕方だと、いずれはやって行けなくなることを覚悟しているわけだ。

私は紹介者もなしに行ったのだが、そのときから現在にいたるまで、亭主の応対はすこしも変らぬ。

むかし、ふところに金が乏しいとき、銀座の高級料理屋といわれる店の前を通りかかって、急に鯛の刺身が食べたくなった。

はじめて入る店だったが、腰掛けにすわって、鯛の刺身と蛤《はまぐり》の吸物で酒を一本のみ、残った刺身で飯を二杯食べて、

「ああ、うまかった」

と、いったら、料理場の板前が、にっこりしてうなずいた。

勘定は、ひどく安かった。

それはそうだろう。鯛の刺身はよい値だとしても、そのほかには蛤の吸物だけしかとらなかったのだから……。

こういうやり方が、いまは通用するかどうかわからない。

このごろは、なじんだ店へしか行かないからだ。

数年前に、京都へ行ったときに立ち寄る鮨屋で、冬の日の昼下りに酒をのんでいたら、そこへつつましやかな老女がひとりで入って来て、

「マグロを二つに、玉子を二つだけでよいから……」

と、いった。

あるじは、ていねいに鮨を握り、さもおいしそうに食べる老女を、目を細めて見まもっていた。

勘定をはらった老女が、

「ここは値が張るけど、おいしい」

といって、帰って行くのを見送り、私が、

「いつも来る客?」

と訊《き》いたら、あるじが、うれしげに、

「いえ、年に二度ほどお見えになります」

と、こたえた。

そのときは、まだ老母と鮨のはなしを耳にしていなかったが、いまにしておもえば、この老女も母に似ていないこともない。

以前、私が見知っていたお坊さんで、末広木魚《すえひろもくぎょ》という人が、京都から東京へ出て来て、銀座でも有名な鮨屋へ入り、酒一本と鮨五つを食べ、

「お勘定は?」

「へい。〇〇〇円いただきます」

「はい、はい」

と、木魚さんは勘定を払い、

「おいしゅうございました。お高《たこ》うございました」

と合掌したので、鮨屋はびっくりした。

木魚さんにいわせると、

「そのどちらも本当だったから、ふと口に出てしまった」

と、いうことであった。

最後に一つ、エピソードを紹介して、この稿を終ることにしよう。

明治の元勲・伊藤博文が総理大臣をつとめていたとき、博文の好色ぶりは天下にきこえていたものだ。

その博文が馬車にのって、ある有名な西洋料理店へ昼飯を食べに来た。

博文は馬丁（兼）下男の寅吉《とらきち》へ、

「おい、寅。馬車をそこへ置いて、いっしょに来い」

と、いう。

寅吉も、こういうことは毎度のことだから、

「へい、へい」

平気で、主人の博文と料理屋へ入り、主人と同じテーブルにつく。

満員の客が、これを見て、

「や、助平大臣が来た」

「ごらんなさい。あの、あぶらぎった顔を……」

「いやらしいね」

などと、きこえよがしにささやきはじめる。

伊藤博文、すこしも動ぜず、悠々として寅吉と共に、なごやかに物静かに食事をはじめる。

総理大臣と馬丁である。

それが同じテーブルで、たのしげに食事をしている。明治の感覚として、これは異常な情景といわねばならない。

そして、食事を終ると、博文が紙幣を寅吉へわたし、

「寅や。釣りはいらんぞ」

と、やさしくいい、先に出て行く。

これを他の客たちは、いまや悪口をいうどころか、一様にうっとりと見送っていたそうである。

どうだろう、明治の世の余裕《ゆとり》というものは……。

着る

戦前の若いころは、よく和服を着た……というよりも、私どもは幼年のころから和服を着せられて育ったのであった。

旧制小学校のとき、筒袖の久留米絣《くるめがすり》に小倉《こくら》の袴《はかま》をつけ、登校したおぼえもある。

そのようにして、我身になじんだ和服も、戦後は、ほとんど着なくなった。

もっとも、終戦直後の、焦土と化した東京に暮していて、身につけるものといったら、海軍から復員したときの軍服の仕立直したものだの、航空隊の半長靴だの、そんなものを、だれもが身につけてはたらいていたのだから、

「何かを着てみたい」

という欲望よりも、

「何かを食べる」

ことで、精一杯であった。

もっとも、あまりに殺伐な時代だったので、時折、焼け残った対《つい》の薩摩絣《さつまがすり》などを着てみることもあった。

そうすると、やはり、こころが和むし、気分が張ってきて、何かちから、、、がわいてくるようなおもいがしたものだ。

そのころ、海軍の略式軍服を着て、東劇へ歌舞伎を見に行った。

舞台だけが、戦前のままの美しさで、客席は、まるで浮浪者の群れがつめかけているようで、手製の蒸しパンなどを口へ入れながら、喰い入るように舞台を見つめていた。

幕間に廊下へ出ると、以前は、よい暮しをしていたらしい品のよい老人が二人、私どもと同じような服装で語り合ってい、その言葉が、いまも耳に残っている。

「ねえ、○○さん。紬《つむぎ》の着物を着て、白の鼻緒の草履《ぞうり》をはいて、自動車でスーッと芝居を見に来て、幕間になると食堂で一本のんで、鰻《うなぎ》で御飯をいただいて、芝居が終ると自動車でスーッと家へ帰って来て、お湯へ入って、冷めたいビールをのむ……なんていう時代が、果して、もう一度やって来ますかなあ」

「いやいや、もう、来ないでしょうねえ」

と、いうのである。

ところが十年もすると、日本は復活し、この老人が待ちのぞんだようなこともできるようになった。

しかし、どういうものか私は、まだ着る物に欲望をおぼえなかった。

十六、七のころから軍隊へ入るまでの間に、私は分不相応なものを着て暮していたので、あらためて着る興味をおぼえなかったのであろうか。

とにかく、はたらいている役所の同僚たちに、

「もう、すこし、なんとかしたらどうだ」

と、いわれたことがある。

当時の私の仕事は、いつも、学生アルバイトの人たちをつれて外へ出て、労働をするようなことだったので、海軍の作業服を五、六年は着たままであった。

もっとも、いつも洗いたてのものを着て、それがツギハギだらけで、雑巾《ぞうきん》のようになっていたものだが、平気であった。むろん、ツギハギも自分でやった。

現在の私は、自宅にいるときに着る筒袖の和服の帯を自分でつくる。小説書きは自宅が仕事場だから、仕事着というわけだが、これはウールがもっともよい。シワにもならず身うごきが自由自在だからだ。

で、その仕事着の帯をつくる。材料は風呂敷である。木綿の大風呂敷にはなかなかしゃれた柄のものがある。これを好みの幅にして芯を入れ、夜ふけの仕事の合間にすこしずつ縫ってゆく。むかしから私は、あまり兵児帯《へこおび》というのを好まないのだ。

さて……。

そのうちに私も、世帯をもち、背広の一つも着るようになり、男女の衣裳《いしよう》も充分に出まわって来た。

だが、和服を着る気持には、どうにもなれない。

戦後の日本の男たちは、完全に和服からはなれてしまい、中年か老人でもないかぎり、和服姿で町を歩くと、めずらしいものでも見るような目つきで振り返られてしまう。

私にしてみれば、服装に関するかぎり、

「まるで、異国へ来たような……」

おもいがしたわけだが、そうなると、どうもはずかしくて、洋服ばかり着ていた。

また、東京の生活自体が、また、和服にはそぐわぬものとなった。のんびりと歩むことができる道すらない。洋風の、それも大半がアメリカナイズされた生活様式へ、日本人は飛びついて行き、辛うじて女の生活の一部に和服が生き残ったかたちとなったからである。こうなると、何よりも不便が先に立ち、いよいよ、私は和服を着る機会が得られなかった。

そうしてまた、何年かすぎた。

と、私に変化が起きた。

私の躰《からだ》つきが変ってきた。中年になり、胸と腹と尻に肉がついてくると、胴長な、日本人特有の私の躰が、しだいに洋服をうけつけなくなってきたのである。

これは、皮肉なことであった。

すこし反り身で、腹が出て、尻が大きいとなると、ズボンのバンドの締まりどころが決まらぬ。うごいているうちにワイシャツの裾がはみ出してくるし、さすがにたまりかねて、このごろの私はサスペンダーを使用せざるを得ないことになった。

そのかわり、和服を着て角帯を腹の下へしめると、これほど気持のよいことはない。

躰が安定し、身うごきが楽で、ワイシャツやネクタイにしめつけられることもなく、軽い下駄《げた》をはいて歩むときは、洋服のときの半分は身が軽くなったようにおもえる。

こうして、ついに私は、

「必要から、和服へもどった……」

のである。

自宅にいるときは、ほとんど和服だし、外出時にも面倒がらずに着るようになってしまった。

三十余年前に買って焼け残った薩摩絣は、いまや着ごろである。そのほかに、戦前の結城《ゆうき》が二着ほどあり、これもびくともしていない。新しく、また、いろいろとつくるようになってもきた。

年をとって、眉毛にも白いものがまじるようになったので、和服で道を歩いても、もう振り向かれることがなくなった。

近年は懐古趣味の流行で、若者たちも和服を着るようになったが、おそらく男についていうなら、時代がまた変らぬかぎり、これ以上の和服の流行はあるまい。すぐに、廃れてしまうとおもう。

なぜなら、外人なみに発達しつつある彼らの、あまりにも長い肉体には、和服を着こなせる条件が何一つないし、また、躰が和服を嫌い、和服が躰を嫌うからである。

和服は〔線〕である。

洋服は〔量〕である。

これは日本人の私から看《み》た感覚であるが、着る物のみならず、日本と西洋の風俗、文化、芸術のほとんどが、この二つの相違によって表現されている。

ところが、戦後の日本は、おのれにもっとも似つかわしい〔線〕を忘れ、〔量〕に飛びついた。

その、良し悪しをいっているのではない。

忘れた、と、いっているのだ。

大正から昭和にかけての日本人は、どうも、収支の感覚が鈍くなってしまったような気がする。

収支といっても金銭のことのみをさしているのではない。何事にも、

「入らぬものへ、入れてしまう」

のである。

「出してはならぬものを出してしまう」

のである。

入るものと出るもののバランスが、わからなくなってきてしまった。

たとえば、小さな小さな島国へ、大陸のみが必要とした文化を、めったやたらに採

り入れて身うごきができなくなってしまう。

自動車一つを例にとってみても、それがよくわかるであろう。

戦後日本の経済復興が、線を忘れて量へ走ったことによって得られたというなら、何をかいわんやである。

そうして、現在は、完全に、日本は〈量〉に、おびやかされている。

日本絵画ですら、線を忘れてしまい、住居も忘れかけている。

日本の表情は、生活のすべてにうしなわれた。

衣服においても、また同様である。

和服には〈表情〉がある。

和服を身にまとっている日本の人びとの表情が否《いや》も応もなく、はっきりとあらわれてしまう。

日本人の場合の洋服は、その量感が、着ている人びとの表情を消してしまう。洋服だけが前面に押し出して来る。

それでも、戦前の日本人が着ていた洋服には、まだしも〈表情〉があった。

それは、和服の色彩や形になれていた日本人の目が、洋服を、

「えらんだ……」

からである。

また、戦前の日本は、比較的に肌理《きめ》のこまかいヨーロッパの文化を採り入れており、

それがまた、日本には似合った。

　アメリカですら、ヨーロッパには、一種の劣等感を、まだもっていて、だからこそ、戦前までのアメリカには日本の風俗に同化し得る〔感覚〕があった。

　これは戦前のアメリカ映画を愛した人びとなら、たちどころにわかるはずであって、戦前のアメリカ人は、その肉体までが日本人に或《あ》る程度は似ていたのである。

　しかし、戦後のアメリカは世界大戦に参加することによって得た〔量〕の文明が、すべてを支配することになってしまい、それは日本のみならず、ヨーロッパへも波及して行ったのだ。

　このごろ、十九世紀末から二十世紀初めにかけて、建築や工芸の面にあらわれた近代美術の様式であるアール・ヌーヴォーの美しさが見直されるようになったという。

　アール・ヌーヴォーの〔曲線〕の美しさが見直されたということは、西洋もまた〔線〕の美しさにあこがれはじめたのであろうか。

　世界的に〔量〕の文明が危機に瀕《ひん》している時代だけに、この傾向は、まことに興味ぶかいものがあるといわねばなるまい。

〔量〕は、機械が生み出すものだ。

〔線〕は、人間の手が生み出すものといってよい。

　世界の人びとが、たとえば〔量〕の文化から〔線〕の文化へ目を移しつつあるとして、あらゆる部門において滅びかけている、職人芸を食いとめることができるであろうか。

私もあと、せいぜい二十年を生きればよいほうだが、これから先の〔量〕と〔線〕の成り行きを興味津々とながめていようとおもう。

和服も、女の場合は、羽織の紐《ひも》・帯・履物《はきもの》などの付属の品が種類も豊富だが、男の場合は、おざなりの品が肩身もせまくならんでいるだけだ。

角帯にしても、幅が一様になってしまい、いくらかせまいものを好むときは、あつらえなくてはならない。羽織の紐も同様である。

下駄も草履《ぞうり》も、靴より高価なものとなってしまった。材料が不足している上に、職人の数が少く、手間が高くならざるを得ないからだ。

こういうわけで、和洋の両服を着るためには、相当の出費を覚悟しなくてはならない。

私の場合、和服を着るのは、一にこれを好むからだが、さらには、時代小説を書くことを仕事にしているからだ。

ことに、江戸時代に生きた人びとを描こうとする場合、絶えず和服を身につけていないと、かんじんなことを忘れてしまうことがある。

また、和服を着ていることによって、仕事にプラスすることはいうまでもないのだ。

たとえば、私の必殺仕掛人シリーズの中の〔殺気〕という小品のトップ・シーンで、外出しようとする藤枝梅安《ふじえだばいあん》が着替えをするとき、着物の衿の上前《うわまえ》の裏へ自分で縫いつけた〔針鞘《はりざや》〕の中に、長さ三寸余の仕掛け針を二本ひそませるところがある。

それは梅安の習慣《ならわし》になってしまっているわけだが、こうした、梅安にとって唯一の護身用の〔武器〕をおもいつくのも、やはり和服を身につけているからであって、それがまた小説の中では、いろいろに活用できる。

針鞘の中の仕掛け針をふところへ入れたりしていたのでは、活用がきかないのだ。女の着物の八ツ口《やつぐち》から手をさし入れ、直《じか》に女の乳房を愛撫《あいぶ》できるのも和服の特権であろう。

男《こちら》も和服のふところ手をしているように見せかけ、衆人の目の前でも絶対にわからぬように、このような怪《け》しからぬまねができるのである。

なに、私が実験したわけではないが……。

和服にかぎらず、むかしから日本につたえられてきた意匠と色彩のすばらしさは、世界に比類のないものだ。

この春に、私の『食卓の情景』という随想集が出版されたとき、限定本として二百部を別に特装したが、そのときの装幀《そうてい》は私が自分でやってみた。表紙を市川格子にして布装にした。

市川格子は長兵衛《ちょうべえ》格子とよばれているもので、歌舞伎の〔鈴ケ森〕の舞台で幡随院《ばんずいいん》長兵衛が着て出る。

茶色の地に、色の格子が三本と一本に組み合せてある。

実に単純なものだが、これを本の表紙にすると、その鮮烈な意匠が非常に効果をあげる。

函《はこ》は、濃紺の筑前《ちくぜん》博多模様に染めさせた。

ふだんは何気もなくしめている角帯の意匠が、こうしてあらためて独立したかたちであらわれると、

「いったい、だれが、このようにすばらしいものを考え出したのか……」

そうおもうほどにすばらしく、みじんも古くさくない。シャープでさえある。

この特装本が神田《かんだ》の書店のウインドーにあったのを見たアメリカ人が、すぐ買いこんで、

「実にすばらしいデザインだ」

といったので、書店の主人が表紙と函の意匠について説明すると、アメリカ人は、翌日から東京中のデパートの呉服売場を丹念にまわりはじめ、

「日本の着物の意匠と色彩には、まったく、おどろきの連続であった」

と、語ったそうである。

おそらく、この人は、何かのデザイナーでもあったのだろう。

和服の色彩は、実に深い。

いま、私が大切にしている細かい赤大名《あかだいみよう》（縞柄《しまがら》の一種）の結城紬《ゆうきつむぎ》などは、赤とも見え、紺とも見え、茶とも見え、そうした多種多様の糸が織り手の指に捌《さば》かれ、渾然《こんぜん》と

して一つの色に仕あがっているのだ。

洋服なども、さすがに生地は外国ものにかなわぬが、柄・色彩になると、日本のもののほうがはるかによい場合がある。

つまり、日本人の洋服における好みが、まだまだ捨てたものではないということになる。

もっともそれは中年以上の男の好みといえるかも知れない。

現代の若い人たちの好みは単純をきわめている。そこがまた、若者らしいといえるのだろうが、男も女もジーンズの大流行で、あれほど日本人の顔や躰《からだ》に似合わぬものはないとおもうのだが、喜々として着込み、男が女のように、女が男のように、街を闊歩《かっぽ》している。

私のような初老の男から見ると、埃《ほこり》くさい長髪を風になびかせ、ジーンズにしめつけられた長くて細い躰を打ち振りながら、街頭で大声をあげ、ホット・ドッグやハンバーガーを齧《かじ》っている一部の若者のたのしみはこれだけのものかとおもう。

長髪は日本人の顔に似合わぬ。

日本人が長髪にすると、インディアンになってしまう。

本当のインディアンなら立派なものだが、それには広大な自然の姿が背後になくてはなるまい。

ジーンズは本来、労働着である。

それをいつでも着てたのしむということは、労働をたのしむことになるのだが、さて、そうならないところが奇妙なのだ。労働をするのでなければ、野外で遊ぶ子供が着て、いくら泥だらけにしてもざぶざぶと洗えるところにジーンズのよさがある。

いま、若者たちは、みんな子供に返ってしまった。

感覚が、すこしも成長しないようにおもわれる。

若者たちの結婚式を、彼らの友人がいっさいマネージメントし、会費を取って披露宴をやることが流行している。

ベタベタと新郎新婦の写真を貼り散らかし、テープに入れた新郎新婦の紹介を音楽入りでこしらえたり、キャンドルの灯をつけたり消したり、いろいろと趣向をこらしてやるわけだが、見ていると、すべてが子供じみている。小学校の学芸会を見ているような気分になってくる。

それでいて、別に不快をおぼえないのは、彼らなりにきちんと、ぬかりなく事を運んでいるからだ。

むかしの若者とちがって、現代の若者には何事にも連帯の言動がある。これは、私どもの若いころとはちがう〔教育〕の結実なのかもしれない。

それだけに〔個性〕が失われてしまったのではないか……。

いや、若者たちばかりでなく、大人たちも、何かを独りでやるという姿が見られなくなった。

何事にも、

「衆をたのんで……」

行動をする。

よくいえば〔団結〕のちからを認識しているからなのだろう。

集合の言動は〔白〕でなければ〔黒〕である。その中間の〔融通〕がゆるされないのは当然である。

つまりそういう世の中になってきたということだ。

それだけに、濃紺の深い色合の上着にグレイのフラノのズボン（ちかごろはパンツというらしい）をつけ、ビールの小びんでハム・サンドイッチなどを、きりりとして食べている独りきりの若者を見ると、何となくたのもしくなってしまう。

とにかく、一部の若者ばかりでなく、一部の大人の、それも政治家までが、なんだか子供じみてきた。

労働運動までも子供じみてきた。

だから、まじめにはたらいている大人の国民は、みんなあきれ返り、困りきっている。

テレビに映る与・野党議員たちや、春闘だの共闘だのと旗をつらねてさわいでいる連中の、国民をダシにした猿芝居を見ていると、ほんとうに、彼らにジーンズを着せてやりたくなる。

そして、このような、

「子供じみた大人の大さわぎ」

を、現代の若者たちは冷笑していることに、子供じみた大人は、まったく気づいていない。

そこで、また、世の中が変って来つつあるのだ。

ジーンズの流行も、先は短かい。

これからはニュー・トラディショナルとやらいうものの流行となるそうな。

こいつは、ジーンズのようなわけにはまいらぬ。不況の最中だというのに、金がかかるからだ。

そうなって、まだ、日本のジーンズ党は、これまでの城塁を守りぬけるだろうか……。

おもしろくなってきた。

私のような年寄りは、当分、和服も洋服も新調せずに、すごせる。こうなると、年をとるのも気が楽なものである。

散歩

四十余年もの間、フランス映画の第一線で活躍して来た老優ジャン・ギャバンが十年ほど前に、レジオン・ドヌール勲章をフランス政府から授与されたとき、ギャバンは折しも〔水門の男爵〕の撮影中であったが、エピーネ撮影所のセットの中で、お祝いのパーティが、ささやかにおこなわれた。

「もっと、盛大に……」

という声も大きかったのだが、ジャン・ギャバンは、

「いや、これは、ごく個人的な祝い事なのだから……」

と、辞退をし、若いころのギャバンを手塩にかけて育てたジュリアン・デュビビエ監督など、ごく親しい人びとのみを招き、なごやかなパーティだったという。

その席上で、ギャバンが、

「人間、欲を出したりしたらダメだね。いつまでも欲を捨てない人は不幸だよ。ことに、女に目うつりをするのが、その中でも、いちばん不幸だね」

と、もらした。

ジャン・ギャバンは、若いころに、女優ガビ・バッセと結婚し、間もなく離婚。その後、レヴュー・ダンサーのドリアーヌと再婚したが、これまた別れ、十七年後の四

十五歳になってから、ファッションモデルのドミニク・フールニエと結婚し、一男二女をもうけて今日に至った。三度目の正直で、ギャバンは、やっと糟糠《そうこう》の妻を得たことになる。

私は、彼が若いころに演じた〔白き処女地〕の純朴の猟師・フランソワから、兵士・労働者・盗賊の親分・ギャング・医学博士・探偵・刑事など、さまざまの役柄を一流のリアリティをもって演じつくし、近作〔暗黒街のふたり〕で白髪の保護司に扮《ふん》した彼までを見つづけて来たが、なるほど、

「女に目うつりするのが、もっとも不幸……」

だと、さりげなく述懐したギャバンの言葉に、結婚に二度も失敗した彼の、過去の苦い経験が察せられて、苦笑を禁じ得なかった。他の俳優なら、これほどの共感は得られなかったろう。ギャバンなればこそである。むかしから彼の映画を見つづけ、彼の演技を愛しつづけてきたものなら、だれしも、そうおもうにちがいない。

ところで……。

ジャン・ギャバンは、このときのパーティで、つぎのような言葉を吐いている。

「……役者は勲章をもらっても、まさか、胸にブラ下げて映画へ出るわけにはいかないしね。いままでと同じに、私の中身はすこしも変っちゃいませんよ。一週間に一度はカンシャクを起して女房子供にきらわれる男なんだ。ただ、私が勲章をもらえるようなことをしたと自分でおもえるのは、約束を破らなかったこと。金のない相手に金

をくれといわなかったこと。酔っぱらわなかったこと。それに浮気をしなかったこと。あとは自分の商売を長くつづけて飽きがこなかった根気でしょうかね」

さらに、また、

「むずかしいことは、その道の商売人が考えてくれる。人間はね、今日のスープの味がどうだったとか、今日は三時間ばかり、一人きりになって、フラフラ歩いてみようとか……そんな他愛《たわい》のないことをしながら、自分の商売で食っていければ、それがいちばん、いいんだよ」

と、この最後の言葉が、私は大好きである。

散歩の醍醐味《だいごみ》は、これにつきるのだ。

同じ散歩でも、

「今日はひとつ、一人きりでフラフラ歩いてみよう」

という散歩と、日課の散歩とでは、だいぶんにちがう。

私は、夜ふけから朝にかけて仕事をし、目ざめるのが正午近くなる。起きて、しばらくは頭も躰《からだ》も、よく、はたらいてくれない。食事をしてから、家の近所を散歩するうちに、すこしずつ、頭もはっきりとしてくるのである。

こういう状態の散歩だから、車輛《しゃりょう》の往来が激しい道は、まことに危険なのだ。

さいわいに、近くの商店街はアーケードがついていて、車輛の通行を禁止している。その商店街を端から端まで歩き、帰宅すると、四、五十分にはなろうか。

このときの散歩中に、

「今日は、どの仕事からはじめようか……」

という気持が、しだいに、かたまってくるのだ。

週刊誌の小説にするか、または月刊誌の小説を、たとえ二、三枚でも書き出しておこうか……などと、その日の気分によって、仕事の種類をえらんでゆく。だから、原稿の締切りが迫っていては、ダメなのである。私は、そのように仕事をすすめているし、仕事によって、締切りの日の一か月前を、

「自分自身の締切り……」

に、しておくこともある。

そして、今日やろうとする仕事が決まると、歩いているうちに、今日の仕事の分量だけのシチュエーションやシークエンスや、登場する人間たちの声などが、断片的に脳裡《のうり》へ浮かびあがってくる。これが浮かばぬときは、別の小説に取りかかったほうがよいのである。

何も彼《か》も、浮かびあがって来ないときは、帰宅して着替えをし、外へ出て映画を見るとか、買物をするとか、気分を変えることにつとめる。こういうときの散歩は、それほどに、たのしいものではない。

散歩が、いちばん、たのしいときは、仕事のことを忘れてしまわなくてはならない。ところで……。

商店街が私鉄の駅前に近づくと、書店がある。ここへは、かならず立ち寄る。人間の眼というものは、昨日、同じ書店の棚を見ていて気づかなかった本を、今日、見出《みいだ》すことがあるのだ。そこにはやはり、昨日とちがった今日の神経がはたらいているのだろう。小説の資料などを探すときは、古書店へたのめばすむことだが、それ以外の、たとえば何年か先に書きたいとおもっている小説に関係した本が眼にとまるのも、根気よく、書店の棚を見てまわるからなのだ。我家の近くに古書店はないが、新刊書の棚を毎日ながめることによって、おもいがけない本を見出すことがある。たとえば私の小説とはまったく関係のない料理の本とか、医学書とか建築関係の本とか、または、釣の雑誌などから、意外の発見をして、それが自分の仕事にむすびついてくることが多いのだ。

書店を出てから、私は帰途につく。

そして、商店街から横道へ入ったところにある魚屋へ立ち寄るが、買物はしない。もしも夕飯に食べたい魚や貝類があれば、それを帰宅してから家人に告げておくのである。

いまは冬だから、日課の散歩は足でしているが、春から秋にかけて、自転車に乗り、すこし遠い商店街へも出かけて行く。自転車の場合は、車輌の多い大通りへも出るので緊張し、たちまちに目がさめる。そのかわり、今日の仕事の段取りを考えてなぞいられない。どうも散歩は、自分の足でしたほうがよいようだ。

いずれにせよ、日課の散歩は、それほどたのしいものではない。

私の一日のはじまりでもあるし、それはまた、一日の苦痛のはじまりでもあるからだ。

私も十三の年に世の中へ出てから、いろいろな職業についたが、小説を書く仕事ほど辛《つら》いものはなかった。

一年のうちに、

「さあ、やるぞ！」

と、張り切って机に向える日は、十日もないだろう。

散歩が終って、帰宅し、郵便物を整理しているうちに来客がある。その応対をしていても、絶えず、夜から取りかかる仕事のことを考えている。

夕飯がすむ。晩酌に酔っていて、すぐにベッドへ入り、二時間ほど、ぐっすりとねむる。

目ざめてからも、なかなか仕事にかかれず、気が重いままに入浴をすませ、夜食をとり、それから万年筆を手に取る。

一枚、二枚と苦痛のうちに書きすすめるうち、すこしずつ、調子が出て来る。

明け方までに十五枚書ければ、よいほうだろう。

一年に三度ほどは、散歩をしているうちに、つぎからつぎへと書くことが浮かんできて、帰宅するなりペンをとって、日中から翌朝にかけ、六、七十枚を書いてしまうことがある。

その翌日は、もう、いけない。一枚も書けなくなっているが、しかし、二日三日は仕事をしないですむ。

そうしたときにこそ、私は、たっぷりと自分だけの散歩をたのしむことができるのだ。

それでも、私は、一週間のうちに、二日か三日は、半日の自由な時間をもつ。

それは映画の試写会へ出かける日なのだ。

いま、私は月刊S・G誌に映画のページをもっているので、洋画各社が試写の日を前もって知らせてくれる。だから、その日にそなえて仕事をすすめ、試写の当日は、いくぶん仕事を楽にしておくことができるからだ。

試写がある当日は、目ざめたとたんに、胸がわくわくしている。

これは少年のころから親しんでいる映画を観ることが、たのしくてたまらないからだし、映画を観終ったあとの数時間の散歩のうれしさがそうさせるのであろう。

映画を観終って、このごろの私は、どうしても、自分が生まれ育った土地へ足が向いてしまう。

私は、浅草の聖天町に生まれ、昭和の大戦が終るまでは、浅草永住町で育った。

したがって、浅草と上野《うえの》へ足が向くことが多い。

永住町は、浅草六区の盛り場と上野公園の中間にあり、双方の盛り場は、少年時代の私の遊び場所でもあった。

五十をこえると、やはり、故郷《ふるさと》がなつかしくなるものなのだろうか……。

東京人に故郷はない、と、東京人自身が口にするけれども、私はそうでない。私の故郷は誰がなんといっても浅草と上野なのである。

今年の夏の或《あ》る日。例によって浅草へ出た私は、並木の〔藪《やぶ》〕へ立ち寄り、酒を三本ほどのみ、蕎麦《そば》を食べてから、駒形《こまがた》橋へ行き、橋の中程で大川（隅田《すみだ》川）の川面《かわも》をながめているうち、

「あっ……」

という間に、二時間がすぎてしまったことがある。

いったい、その二時間を、私は何を考えながら大川を見下していたのだろう。

いや、何も考えてはいなかった。

ただ、ぼんやりと川面を見ているうちに二時間がすぎてしまい、あたりに夕闇がたちこめているのに気づき、時計を見て愕然《がくぜん》としたのだ。

（こいつは、どうも、おれも耄碌《もうろく》したのではないか……？）

と、むしろ不安になったほど、そのときの二時間の時のながれが、いまもって、私

にはわからない。私は十分か十五分、川面をながめていたにすぎないとおもっていたのだが、たしかに二時間がすぎていたのだ。

仕事のことも家族のことも何も彼も忘れて、フラフラと歩む散歩の時間は、このようなふしぎさをたたえているものなのである。

そして、こうした散歩の後では、気分もほがらかになり、体調もよくなるものなのだ。

このごろは、浅草へ出る前に、柳橋へ立ち寄ることがある。柳橋の上に立ち、両国橋をながめたり、西方から神田川が大川へそそぐ景観をたのしむ。

そそぐといっても、いまは濁った水がどんよりしているだけにすぎないのだが、江戸から明治・大正という時代を経て今日にいたるまで、このあたりの地形と、わずかに名残りをとどめている瀟洒《しょうしゃ》な風俗が貴重におもえるからだ。

柳橋の花街も、いまは、むかしほどではないと聞く。

つい、二、三年ほど前までは、大川に面した座敷にいると、暗い川面の向うから船《ふな》行燈《あんどん》をつけた小舟が近寄って来て、新内や声色を聞かせたものであった。

新内の三味線が川面に聞こえ、船行燈が夜の闇の中をすべって来るのをながめていると、それが、まぼろしのように感じられたものだ。

ということは、すでに、遊びの中にもこうした余裕が失われつつあったのである。

果して、間もなく、大川辺《べ》りには〔護岸〕と称し、コンクリイトの堤が築かれ、川辺

東京・柳橋にて

りの人びととの交流を絶ち切ってしまった。

護岸といっても、これは大川の悪臭が非難されたからに他ならない。

悪臭の源は放置したままで、今度は、大川辺《あた》りの上へ高速道路を架けてしまった。

当時は、いわゆる高度成長に狂奔しかけていたときで、都市の機能と人びととの生活にあらわれる歪《ひずみ》を、政治家や役人が、みな〔泥縄式〕に処理してしまったのである。

だが、柳橋界隈《かいわい》の川面には、まだ、舟が浮かんでいる。

ときには鷗《かもめ》の群れが羽をやすめていることもある。

川辺りの天ぷら屋へ上って、仕度ができるまで、神田川に面した小座敷で酒をのみながら待っていると、何やら船宿の二階にでもいるような気持になってくるのだ。

柳橋から歩いて浅草へ向う道は、車輛が渦を巻くように飛び走っているが、浅草へ近づくにつれ、その数が減ってゆく。吉原《よしわら》の廓《くるわ》が消え、六区の映画・演劇が滅亡しかけている、いまの浅草は、たしかに以前とくらべて、

「さびれた……」

と、いえよう。

つまり、浅草の夜が、さびれたのである。

だが、このあたりの人びとは、何度も災害を受けながら、土地からはなれない。昭和の大戦の空襲で焼野原になったのに、例年のごとく草市が立ち、四万六千日の行事がおこなわれた。

当時、私は山陰の海軍航空基地にいたが、このことを母の手紙で知ったときの心強さは一口にはいいがたい。それはやはり、浅草が故郷だったからであろう。

いまの浅草は、六区の盛り場に、ほとんど車輛《しゃりょう》を通さない。

したがって、のんびりと歩むことができる。

雷門《かみなりもん》の近くの細道に、小さな鮨屋《すしや》を見つけ出して、大酒のみの女の職人がにぎる鮨を食べたり、この店のうまい酒をたっぷりとのむのもこうしたときだ。

夜半から仕事をもつ私は、ちかごろ、あかるいうちに酒をのむことにしている。昼《ひる》日中《ひなか》に赤い顔をして歩いていられるのも、浅草なればこそだ。

それから仲見世《なかみせ》をぬけて、観音さまへ詣《まい》るわけだが、途中、江戸玩具《がんぐ》の〔助六〕へ立ち寄ることもある。

この店の細工物は、いまの東京が誇る数少い逸品である。いまだに、江戸の雰囲気をつたえる細工物が息づいている。そうした職人が、まだいるのだ。

また、大川辺りの駒形堂の前で、しばらく佇《たたず》んでいることもある。

江戸名所図会に見られる、このあたりから雷門にかけての景観は、いかにすばらしいものだったろうか。

それを微《かす》かに偲《しの》ぶことができるのは、駒形堂が、むかしのままの場所に再建されているからなのである。

散歩中の、私の感慨は、老人が、むかしをなつかしがって繰言《くりごと》をいっているのではない。

江戸時代を背景にした小説を書いて暮しているから、知らず知らず、そうした想いにとらわれるのであろう。

それにまた、近年は、何故か、私の小説にも若い読者が増えた。

そういう若者たちが、私の小説の中の江戸の風物を知って、

「江戸時代の東京って、こんなに、すばらしかったのですか……」

驚嘆するのである。

いうまでもなく、私は、江戸を見たわけではない。

ただ、幼少のころから自分の目で見てきた、戦火に焼ける前までの東京の姿と風俗をたよりに、江戸時代の資料をふくらませているにすぎない。

それでも、若者たちは瞠目《どうもく》してしまう。

「戦前の東京には、蟬が鳴いていた」

というと、信じられぬ顔つきになる。

「大通りを、馬や牛が荷車をひいて行き交っていた」

というと、

「まさか……？」

あきれたような顔つきになる。

「道を歩きながら、本を読んでいた」

浅草雷門。「何も彼も忘れて、フラフラと三時間ほど歩いてみよう」という場所は、まだ東京にも残っている。

というと、ふしぎそうな顔をする。

だからもう、明治時代はいうにおよばず、昭和二十年以前の東京も、まさしく、「時代小説の世界……」に、なってしまったのだ。

しかし、浅草のみならず「何も彼《か》も忘れて、フラフラと三時間ほど歩いてみよう」という場所は、まだ探せば、東京にいくらも残っている。

そうした、自分が気に入った場所を一つでも二つでも探し出すことが、つまり〔散歩〕なのである。

「歩かぬと健康によくないから」などという散歩は、私にとって散歩ではない。

いま、こころみに手もとの辞書をひいて見ると、〔散歩――ぶらぶら歩きまわること。そぞろ歩き〕とある。

これで、散歩と運動とは別のものであることを、私は再認識したわけだ。

映画

アメリカのエジソンや、フランスのリュミエール兄弟によって、われわれ人間たちの世界へ、〔映画〕という、これまでにおもいもおよばなかった驚嘆すべき新しい芸術が生まれたのは、十九世紀が終りを告げようとするころであった。

それまでに、写真術は略《ほぼ》完成しており、一枚一枚の写真を連続させて、現存する風景や人物をそのままに撮《うつ》し取ろうという情熱が、この新しい芸術を生んだのである。

フランスのリヨンで、写真工場を経営していたリュミエール兄弟が、多勢の人びとの前に張られたスクリーンに映画を写し出して見せたのは一八九五年のことだ。

それから約四十年の間に、映画は音をもち、色彩をもつに至ったのである。

私が生まれた大正末期から昭和時代となって太平洋戦争がはじまるまでの、約二十年の歳月で、私の生活は〔映画〕なしに考えられなかった。

これは、私のみのことではない。

東京の山手《やまのて》はともかく、下町に暮している人びとにとって、映画は、

「欠くべからざる……」

生活のリズムであった。

女手ひとつで、私と弟を育てていた母などにしてからが、月に二本の映画と一度の

芝居見物は欠かさなかったものである。

それは、現代の人びとの生活と〈テレビ〉が、

「切っても切れぬ……」

ところで、むすびついてしまっていることと、状態が似ていなくもない。

だが、私などは、一か月の間、

「テレビを見るな」

といわれても、平気でいられるだろうが、

「映画を見るな」

といわれたら、とても、我慢がしきれないだろう。

生なましいニュースやルポルタージュの映像において、テレビは映画をはるかに引きはなしてしまったが、虚構の芸術のすばらしさを堪能させてくれるのは、やはり、映画であろう。

これは小説の世界にもいえることだが、虚構の中に〈真実〉を打ち出すためには、時間がかかる。

映画芸術が、現代人のあわただしい時間の流れに抵抗しつつ、至難な制作をつづけながら、生き残っていられるのは何故か……。

それは映画が、もっともポピュラーな、世界に通用する芸術だからである。この点、日本映画は遅れてしまった。戦後、黒澤明《くろさわあきら》や溝口健二《みぞぐちけんじ》などの作品が〈世界〉に通じる

開削路へ踏み出したにもかかわらず、映画資本家たちは、この貴重な時期を見逃してしまったからである。

外国映画の場合、昔日のおもかげはないにしても、すぐれた作品は国際的な販路を得ることができる。

それに、外国の制作者は撮影所のみに閉じこもることなく、世界各国の、どんな辺《へん》鄙《ぴ》な場所へでも出かけて行き、映画をつくるようになった。これは、一にカメラの発達によるものであろうが、そのことによって、さらに、つくられる映画が国際性をもつことになったのである。

いま、地球上に住む人びとの交流のための時間は、おそろしいまでに短縮され、煮つめられてきている。

日々、国際情勢は流動し、今日の存続を明日にゆるさぬほどだといってもよい。

こうした世界の変転を、映画は、まざまざと、私たちに知らせてくれる。

映画は、目と耳で観賞するものだ。つまり、人間の感能にうったえるものだ。

〔フィーリング〕という言葉が、いまは、日本でも普遍化している。この言葉は、もともとジャズを主体にした音楽の用語だったはずだが、いまは、もっと広い〔感覚〕という意味をもつようになっている。

とすれば、感能にうったえる映画芸術は、フィーリングの芸術といえるかも知れない。これは、いまの日本の流行歌が、安易で子供っぽいフィーリングだけで成り立っているのと同じことだとおもっては困る。

何事にも高低があるのと同様、フィーリングにも上下、優劣があるのだ。

もし、私が、幼少のころから映画（芝居をふくめて）に親しんでいなかったら、小説や脚本を書いて生活している現在の私はなかったろう。

旧制の小学校を卒業し、十三歳のときからはたらきはじめた私にとって、自分のフィーリングに磨きをかけるためには、先《ま》ず、映画や芝居見物から出発しなければならなかった。

たとえば、ドストエフスキーに接したのも、先ず映画からである。スタンバーグ監督が、ピーター・ローレのラスコリニコフで撮った〔罪と罰〕であった。この作品は、すでに落ちぶれかかっていたスタンバーグが二流のスタッフでつくったものだけに、キネマ旬報発刊の『アメリカ映画作品全集』にも、のせられていない。

当時、私は小学生であったが、映画を見た翌日、書店で、岩波文庫の『罪と罰』を買った。映画の出来栄えはさておき、やはり、そこにはドストエフスキーが在《あ》って、少年の私は異常なショックをうけたものだ。

（世の中には、こういう世界もあったのか……）

と、おもった。

以来、世の中へ出てからも、ドストエフスキーやトルストイの、岩波文庫版は全部読んだ。若いうちでなくては、とてもできない。ことに、当時のロシア文学の翻訳は拙劣をきわめていて、歌舞伎を見たり、谷崎潤一郎《たにざきじゅんいちろう》や永井《ながい》荷風《かふう》を読みふけっていた私には、ことに、ロシア文学者の訳文の会話には、辟易《へきえき》したものである。

けれども、いまになってみると、あの、いくつもの膨大なトルストイやドストエフスキーを若いころに読んでおいたことは、たしかに自分のためになっている。これは、まぎれもないことなのだ。

このように、映画は、そのまま、文学へむすびついていたのだ。

谷崎潤一郎を読みはじめたのも、故島津《しまづ》保次郎《やすじろう》監督が、田中絹代《たなかきぬよ》・高田《たかだ》浩吉《こうきち》でつくった〔春琴抄《しゅんきんしょう》〕を観てからである。

そのころの映画監督の技術と、大人のフィーリングは実にすばらしいものであったとおもう。

たとえば、ウイリアム・ワイラーが一九三六年に監督した〔孔雀《くじゃく》夫人〕は、シンクレア・ルイスとシドニー・ハワードの共作戯曲〔ダズウァース〕を映画化したものだが、この映画のテーマは、中年の男女二組の葛藤《かっとう》を描くことによって、アメリカとヨーロッパの文明の心理的な相剋《そうこく》にまでメスを入れたハイブロウなものである。

それを、十五か十六だった私に、まるでクリーム・ソーダをのむようなおいしさでのみこませてくれ、深い感銘をあたえてくれたのである。ワイラーの、この姿勢は、いまも尚《なお》、変っていない。実に、すばらしいとおもう。

いま一人は、故ジュリアン・デュビビエ監督である。

近ごろ、デュビビエの〔白き処女地〕を三十何年ぶりかで再見したが、フランス系カナダ移民の生活の中に、大自然のきびしさと、カトリシズム信仰を描いた、この映画が、やはり、少年のころに見た感銘をそのままにつたえてくれた。とにかくドラマ化するには至難とおもわれるテーマが、実によくわかるのである。

このようにして、私は、アメリカやフランスやイギリスを、映画の中のフィーリングとして知ったのである。そして、それは、かなり忠実なものであった。

ただし、イタリアについては、あまり知らなかった。

というのは、当時のイタリア映画は、初期の繁栄を失い、非常に衰弱していたからだ。私ども映画ファンがイタリアを知ったのは、戦後の目ざましいイタリア映画の復活からである。

ともかく、私どもの青春は、映画によって充実していた。

私を文学にむすびつけたのも映画であるし、少年のころに社会へ出て、あらゆるタイプの人びとと接する日常を、映画が裏打ちしてくれたのだ。

デュビビエがつくった〔商船テナシチー〕は、カナダへ出稼ぎに行く二人の男と一人の女の、どうしようもない結びつきと別離を、ル・アーヴルの港を背景に描いたものだが、好きな女を親友にうばわれて、雨がふりけむる港を歩む温和《おとな》しい青年が、港

で知り合った中年の男に、

「港の雨って、さびしいね」

と、語りかけるシーンは、私たちの若い胸をしめつけずにはおかなかった。

ここで、デュビビエは、哀愁をこめたトランペットのソロをバックにながして、ル・アーヴル港を霧のように包む雨と人の情景を描いた。

この映画の原作であるシャルル・ヴィルドラックの名作戯曲に接したのも、映画を見てからであったし、三人の男女そのままといってよい若者や娘たちを、私は、私の身のまわりに何人も見た。

このように、映画と文学と人生とは、昭和初期の私たちの青春の中で、一つに結合していたのである。

また、ジュリアン・デュビビエという映画詩人の目に映じたル・アーヴル港にあこがれたとしても、何もフランスまで行かなくともよかった。

そのころの横浜の港にただよう詩情は、ル・アーヴルどころではなかったといえよう。

秋になると、港の夜霧が関内《かんない》の街角にまでたちこめてきたし、夜が明けると港を一望のもとに見わたせる山下公園の舗道を、ペルシャ猫を抱いた黒人が馬車に乗って、焼きたてのパンを売りに来たものだ。

当時の、東京や横浜のモダンさはヨーロッパの文明から摂取したものが、形態にも風俗にも濃厚に残ってい、アメリカもまた、ヨーロッパには強い劣等感を抱いていたのである。

しかし、映画だけは、アメリカが世界中を席捲《せっけん》していた。

ヨーロッパの文化は、小さな島国の日本と日本人に、よく調和していた。

フェデリコ・フェリーニの近作〔フェリーニのアマルコルド〕は、ちょうど、私が少年のころの北イタリアの港町の風俗と人間を追憶の情をこめて描いた傑作であるが、これを観ると、当時の北イタリアの小さな町の人たちも、アメリカ映画がもたらすエネルギーに夢中で酔っていたことがわかる。

フェリーニ監督も、シボネーやキャリオカのリズムを愛し、ゲイリー・クーパーやクラーク・ゲイブルと共に生きていたのである。

太平洋戦争がはじまる以前から、日本の軍人たちや一部の政治家は、外国映画は若者たちを堕落させると息まいたけれども、映画関係の人たちやファンはビクともしなかった。

戦争が始まろうとする直前、私が最後に観た映画は、キング・ヴィダーの〔城砦《じょうさい》〕と、フランク・キャプラの〔スミス氏都へ行く〕であった。

観た場所は、浅草の大勝館である。

浅草六区の映画館の中で、もっとも新しく、もっとも美しい、この西洋風な白亜の映画館で、私は数え切れぬほどの外国映画を観た。

大勝館は、二年ほど前に打ちこわされ、ボーリング場に生まれ変った。

映画不況の波をうけて、真先に崩壊しはじめたのが浅草の興行街といってよいだろう。いくつもの映画館がボーリング場やレストランに変ってゆき、辛うじて残った数館が、古びて朽ちかけた姿を必死でささえながら、映画を上映している。

その、なつかしい姿……。

老いて尚、映画をささえている黒ぐろとした姿を、いま、私は浅草へ足を運び、折にふれてぼんやりとながめて帰って来る。

いまは、外国映画は息を吹き返しつつあって、話題の映画に観客が長蛇の列をつくることもある。だが、同じ映画を浅草へかけても、人はつめかけない。浅草にむかしから住んでいる人びとは別として、浅草という土地と映画とが、むすびつかなくなってしまったのである。

昨夜は、すこし、興奮をして、よくねむれなかった。

この稿を書いている今日、京橋の東京近代美術館フィルム・センターで、昭和十二年に松竹がつくった〔雪之丞変化《ゆきのじょうへんげ》〕の総集篇を見ることになっていたからである。

そして今日、観た。

観て、あのころの日本映画の立派さに、あらためて瞠目《どうもく》した。

浅草六区の映画街。映画の不況の中で辛うじて残った数館が、古びて朽ちかけた姿を必死で支えている。

この映画は、三上於菟吉《みかみおときち》の新聞連載小説を、上中下の三篇に分けて松竹が製作した超大作で、むろん、私も三十八年前に観ている。

監督は衣笠貞之助《きぬがさていのすけ》。主演は、当時三十そこそこの林長二郎《はやしちようじろう》（いまの長谷川一夫《はせがわかずお》）である。長谷川一夫は、この一作によって大スタアの地位（単なるスタアではない）を完全なものとした。あの若さで、これほどの技芸に長じていたのか、と、あらためて敬服せざるを得ない。当時の彼の、それこそ血みどろの研鑽《けんさん》と気魄《きはく》がすばらしい成果をあげたのである。もっとも、現在の長谷川一夫は、これまた〔別の役者〕になってしまったのだが……。

長谷川は、歌舞伎役者・中村雪之丞と盗賊・闇太郎、雪之丞の母親の三役を演じた。ストーリイは人も知る仇討《あだうち》物語であるが、何しろ脚本が伊藤大輔《いとうだいすけ》だし、この映画の風格は、まさに日本映画屈指のものであった。

女賊・お初に扮《ふん》した伏見直江《ふしみなおえ》を前景（中村座の二階桟敷）に置き、中村座そのままのひろがりをもつ客席の彼方《かなた》に、紅葉狩が演じられている舞台をとらえた短いショットの厚味はどうだ。すばらしいの一語につきる。

つまり、いまとはくらべものにならぬカメラや録音の不備をスタッフの手づくりの丹念さと情熱がおぎなって、これほどにすばらしい画面をつくりあげていたのである。

現在の日本映画は、色彩をもち、長大で無用な大きさをもつスクリーンに映し出されるが、これだけの画面を到底、つくりあげることはできない。

江戸時代の中村座を、そっくりそのまま、セットへ建ててしまわなくては、この画面が得られない。その莫大《ばくだい》な費用を映画会社はとても出しきれぬし、中村座の客席をいっぱいに埋めつくすエキストラへギャラを支払うだけでも、目を白黒させてしまうにちがいない。

見せかけは豪華で、間口《まぐち》はひろく大きくなったけれども、厚味を失い、時間を失い、さらに自信を失った日本映画は、ここ十数年の凋落《ちょうらく》時代の間に、先人の遺産の大半を、忘れ果ててしまった。

すべてが、泥縄式になり、遠望をもたなくなったのは映画のみではない。政治も然《しか》り、人びとの生活も然りだ。

遠望をもたぬというよりも、遠望が利かぬ世の中になってしまったからなのか……。

いずれにせよ、映画は、その時代の潮流を、そのままにつたえる芸術である。

すぐれた映画は、その時代の、もっとも新しい主題とフィーリングなくしては成りたたぬ。

その凝結のためには、スタッフの新鮮な才能が集結されなくてはならない。

そして、その〔結実〕を私などは、わずかに二時間そこその時間で、たのしみ、吸収し、感動させられるのだから、

「まったくこたえられない」

のである。

私は、別に、自分の仕事に益をもとめて、映画を観に行くのではない。幼少のころからの習慣で、映画を観ないと、生活のリズムが狂ってしまうような気がする。

ところで……。

フィルム・センターでおこなわれた、たった一日の〔雪之丞変化〕の上映には、老・中年の客が、ぎっしりとつめかけて来た。

センターの常連らしい若者が、

「今日は、年寄りが多いなあ」

「こんなことって、めずらしいね」

と、語り合っている。

いまの日本映画は、老・中年の観客を、われから手ばなしてしまった。

一時は隆盛をきわめた東映の仁侠《にんきよう》映画が若者たちをひきつけたのは、戦後の日本と日本人の、

「自分ひとりがよければよい」

という個人主義と民主主義とやらを、はきちがえてしまい、その主張にしがみつきながらも、自分ひとりがよいことのさびしさ、たよりなさに若者たちが苛《い》らだちはじめ、スクリーンの中の男たちの、仁侠の熱い血を、無意識のうちにもとめたからであろう。

しかし、戦前に若い時代をもった老・中年層は、自分自身に、みな〔ドラマ〕をもっているから、同じパターンのくり返しと、どぎつい流血のシーンだけでは、もう、ばからしくなってきてしまう。

すべてがそうなのではないが、娯楽映画といえば、むかしの子供たちなら見向きもしないような低俗なものをあくせくとつくりつづけ、芸術映画といえば、世間知らずの監督が自分を主張するのみの青臭さなのだから、大人は、スクリーンからはなれてしまったのだ。

そして、それが習慣となってしまい、外国映画さえも、あまり観ないようになり、映画に対して気力と興味を失ってしまったかのようである。

こういう人びとが、たとえば、田端義夫《たばたよしお》の歌謡曲にひきこまれ、これを讃嘆するのは、いわれのないことではない。

この五十をこえた歌謡歌手の人生の浮き沈みが、そのまま、聴くものの心を打つからだ。いまも時折、テレビにあらわれる田端の歌は、若かった全盛期のころよりも、さらに深味と厚味を加え、磨きがかかって、否応《いやおう》なく私どもの胸に溶け入ってくる。

田端は、

「人生への誠意《まごころ》と、魂をこめて唱《うた》うよりほかに、たよるものも、すがるものも自分にはない」

と、いいきっているそうな。

芸能の世界も、映画の世界も、おそらく、この簡明な一語につきるのであろう。
この言葉を古めかしいと笑い捨てる人びとは別のことだ。

最後の目標

私の老母は、今年で七十三歳になったが、ちかごろ、たびたび、何かというと、自分の〔死〕にむすびつけて語り出すことが多くなった。

大正の関東大地震と、太平洋戦争とで、合せて四度も、猛火に東京の家を焼かれている母は、何事にも動じない女であったが、ようやく、間近になった最後の日を想うと、強い不安をおぼえるらしい。

そうしたときに、私は、こういってやる。

「大丈夫だ。祖父《おじい》さんも祖母《おばあ》さんも、Mのおばさんも、みんな仕てのけられたことなんだからね」

と、それは、むしろ、私自身にいい聞かせていることなのかも知れない。

五十をこえた私だって、間もなく、その日がやって来るのだ。

もとより、女のほうが男よりも、そのときのことにおびえない。女は、現実のみに生きているのだから、天災も人災も行手に予想されることを生理的、肉体的に拒否してしまう。

それでも、母ほどの老齢に達すると、何かにつけて、最後の日のことを想うようになるのだ。

いつもいったり書いたりしていることなのだが、人間にとって、ただ一つ、はっきりとわかっているものは、

「死ぬ……」

と、いうことなのである。

しかも、この一事だけは、生きている人間のすべてが未経験のことであり、これを体験した瞬間に、人は〈生〉から離脱してしまうのだ。

それでも中には、えらい人がいるもので、モンテーニュの『随想録』の中に出て来るローマの貴族カニウス・ジュリウスは、不当の死刑宣告をうけ、いよいよ、首切り役人の手にかかろうとするとき、親友が近づいて来て、

「いま、君の霊魂は、どんな状態にあるか、何をしているかね。そして、君は、いま、どんなおもいをしているのか？」

と、たずねた。

するとカニウスは、

「いまや、いよいよ用意はととのった。自分の全力をつくし、張り切って最後の瞬間を待っているよ。ぼくは、この迅速《じんそく》な死の瞬間に、霊魂の移転とでもいうものを、果してみとめることができるかどうか……また、霊魂は自己の遊離を少しでも感ずるかどうか、それを見とどけ、感じ取りたいとおもっている。そして、もし、それができたら、後に立ちもどり、友だちに知らせてやりたいとおもう」

そう、こたえた。

モンテーニュは、

……この人は死の直前まで哲学したのみならず、死そのものの内においてまで哲学をしている。何という落ちつきであろう。何という気高《けだか》い心であろう。自分の死を、みずからの教訓にしようとしているとは……このような一大事に直面してまで、なお、人びとのことまで考える余裕をもっていたとは……（関根秀雄訳）

と、のべている。

私も、このように男らしく死ねたら、すばらしいとおもう。

また、舟橋聖一氏は、その〈文芸的グリンプス〉の中で、知人N氏の臨終について書かれ、そのN氏の、

「自分も慣例に従って、生涯を閉じる」

と、いわれた言葉に対して、「まことに思慮ぶかい遺言と云っていいだろう」

と、感想をのべられている。

N氏のも、たしかに立派な言葉で、日本人には、カニウスの言葉よりも、さらに、いろいろのふくみが感じられるだろう。

「慣例に従って、生涯を閉じる」

まさに、そのとおりで、このN氏の一言は、生ある者をはげましてくれる。また同時に、生とは何であるかを、人びとに教示してくれたことにもなる。それは死を直前にひかえた人の言葉だけに、したたかな重味がある。

おそらくN氏の生涯は、N氏にとって充実したものであったにちがいない。それなくては、このような別れの言葉が出るものではないとおもう。

死にのぞんだとき、自分の一生に後悔と心残りがある人ほど、

「死が苦しい」

と、いわれている。

これは、肉体的なものを指しているのではあるまい。

だが、むしろ、私たちが恐れているのは、死にのぞんだときの肉体的な苦痛だ。短かいものならば堪えられようが、長期間の難病に苦しむことだけは、何ともかなわない。

人間は、その願望あればこそ、本能的に、健康に留意するのだともいえる。

私も、五十をこえた現在までに、さまざまの人の〔死〕を見てきているが、どうも、なかなか、おもうようにはまいらぬようだ。

私の年代の者の青春は、戦争というものが、すぐ前に立ちふさがってい、否応なし

に自分の生死について考えさせられた。

それには、戦争から生きて帰れることよりも、骨になって帰ることを前提にしておかねばならない。それが戦争というものなのだから、先ず、そこから自分の青春というものが生まれてくるべきであって、わずか四年ほどの歳月ではあったが、いまにしておもうと、私にとっては目眩《めくる》めくように、いそがしい日々であった。

私は少年のころから、世の中に出ていたので、同年の人びとが大学を出るか出ないかに、戦場へ駆り出されて行ったのと、いささか事情は異なるが、戦争へ出て行く前に、

「できるかぎりのことを、悔いなくしておこう」

という一事のみが、いつも脳裡《のうり》にこびりついていたものだ。

では、何をしたのかというと、大したことではない。ここに書きのべて読んでいただくような事は何一つ、していなかった。端的にいうなら、

「こころおきなく、遊んでおこう」

ということなのだ。

それでも、そのときの数年間の重味は、他人から見れば下らぬことかも知れないが、現在の私と、私の仕事を、いまも尚《なお》、ささえてくれているのである。

子供のころに、近辺の人たちから、

「お猫の正太」

と、よばれたほど、暇さえあれば、ごろごろと居眠りばかりしていた私が、この数年間は躰《からだ》のつづくかぎり、諸方を飛びまわり、やれること、やりたいことは何でもやって見た。

そして、いよいよ、出征するときには、自分なりに、

（これでいい。すこしも、おもい残すことはない）

と、おもった。

悲愴《ひそう》感はいささかもなく、平気で出て行ったものだが、それからの戦争中の体験は、まことに貧弱なもので、海外の戦場で烈しく戦い、悲惨な体験をされた人たちや、戦死された人びとにくらべたら、ほとんど何もしなかったといってよいほどだ。

私が勤務したのは海軍航空隊であって、基地は内地にあり、当時の人びとがだれでも経験したような危険なおもいをしないではなかったが、むしろ、東京に残っていた祖母や母のほうが、いのちがけの暮しをしていたのではあるまいか……。

しかし、私は私なりに、自分の一命が、

（もう、長くはない）

と、切実に感じていた。

終戦時の夏は、山陰の基地にいて、本部の電話室長をやっていたものだから、敗戦がまぬがれがたいことを、他の兵隊たちより早く知っていたからだろう。

そうなってくると、周囲の人間たちばかりか、強い夏の陽光に輝いている山陰の海

や木や草や、名も知らぬ野の花の色彩や、みずみずしい生命力が、いちいち胸に感得されてきて、以前に見た海や木や草とは、まったくちがった、すばらしい美しさにみちていることを知った。

自分の死が接近していることをおもいながら暮していると、あらゆる現象が、このようにすばらしく見えるものか、と、われながら瞠目《どうもく》したことがある。

戦争が終り、生きて帰ってからも、戦前の数年間と同様に、このときの数か月を、私は忘れなかった。

戦争体験も、また生と死への想いも、人によって千差万別であることはいうまでもない。

私のそれは、人に語るほどのものではないけれども、戦後の私自身にとっては、もはや、ぬきさしのならぬものとなっている。

当時の私は二十四歳で、若くもあり、健康でもあって、人生の最後の目標が肉薄して来るまでには、

(まだ、ずいぶん長い歳月がある……)

と、感じていた。

それは、そのときまでの二十余年の歳月の重味から割り出した感覚であったが、いまになって見ると、それからの三十年は、

「あっ……」

という間に、すぎ去ってしまった。

このことを、先年、佐多稲子《さたいねこ》さんにおはなししたら、

「そうなんです。私も、つくづく、そうおもっているんです」

と、おっしゃった。

だから、これから先、最後の日を迎えるまでの歳月も「あっ……」という間に、やって来るだろうと、二人して笑い合ったものである。

このように、死ぬはなしをしながら、笑い合っているというのが、人間の持味である。他の動物にはない持味で、これがあるからこそ、死に向って進みつつある日々の、たとえば熱い味噌汁《みそしる》のうまさにも、人びとは生の充実を味わい、幸福をおぼえることができるのだ。

この、人間の機能を忘れることなく、いまの私は、つとめて、

「単純卒直……」

に、生きて行きたいと考えている。

自分の生活も、また、仕事も、そこへ、

「煮つめてゆきたい」

と、おもっている。

戦争が終ってからも、私は、月のうちに何度かは、

(おれは、いつか、かならず死ぬ……)

ことを、自分にいいきかせてきた。

何かえらそうなことをいっているようだが、あの大戦争の前後を生きて来た者は、だれも、そうではないのだろうか。

つまり、戦後の私は、この単純明快な、人間の〔慣例〕を忘れぬことから出発したわけであった。

終戦直後の混乱期には、何でも、やれそうな気がした。

戦前の私の商売は、進駐軍によって管理されてい、再開には数年かかるというので、私は別に何か、自分が育ててゆき、自分を育ててくれる仕事を見つけなくてはならなかった。

読売新聞が募集した戯曲の懸賞に応募し、はじめて百五十枚の戯曲を書いたのは、もしも、その成果が、いくらかでもあらわれたら、少年のころから好きだった芝居を書いて暮せるようになりたいとおもっていたからだろう。

このとき、私の書いたものは佳作にえらばれた。

これで、やる気になった。

これから死ぬ日まで、悔いのない仕事と生活をしなくては、戦争に生き残った甲斐《かい》がないとおもった。

こうして、私は商業演劇の世界から、小説へ転じ、自分の念願が通ったのだから、歳月のロスはなかった。この点、悔むことは何一つない。

それにもかかわらず、死ぬことは、やはり恐ろしい。恐ろしいし、むずかしい。最後の目標へ、何とか、うまく自分をもって行きたい。これが、いまの私の念願なのである。

私の師匠・長谷川伸《はせがわしん》は、生前、よく私に、

「君。もうすぐに、ぼくはあの世へ行っちまうんだよ」

と、いわれた。

これは、御自分が生きている間に、もっと聞きたいことはないのか、と、いうことなのだ。

そこで私も、この先達《せんだつ》のおどろくべき体験から発する言葉を聞きとり、ノートにとったものだが、かえり見て、まだまだ喰いつき方が不足であったとおもう。

いま、師の聞書ノートをひらいて見て、私は、ときに勇気づけられ、ときに仕事のスランプを脱することがある。

このノートには、別に、戯曲や小説の作法とか、批評とかいうものは何一つない。

たとえば、

「人間の肉体の機能は、自然の現象に対して鋭敏すぎるために、かえって、いろいろな錯覚におちいることがあるのだよ。それも無用のね……」

などという師の言葉が記してある。

こうした言葉が、そのときの師と私の媒介となり、さまざまなイメージがわいてきて、私にちからをあたえてくれるのである。

当時の私は、昼間、役所につとめてはたらき、夜ふけてから朝まで、戯曲を書いたり小説を書いたりしていた。いちばんほしかったのは睡眠の時間であった。体重は十三貫ほどしかなく、いつも胃が痛んでいたが、一度も寝込んだことはない。この十年間が、自分の躰を痛めて、生涯の仕事の基盤をつくろうとしていた時代だったのであろう。それにしても、あのころの私は、まだまだ努力が不足していた。なればこそ、師が「もうすぐに、ぼくは死んでしまうんだよ」と、いって下すったのであろう。

どうやら、芝居の仕事だけで暮せるようになり、役所を辞めると、たちまちに胃痛が消え、体重も次第に、戦前の私へもどってきた。その程度のことなのだから、躰を痛めたといえない。もっと痛めておくべきだったと、いまにしておもう。

近年、つくづくと、一人の人間が持っている生涯の時間というものは、

〔高が知れている……〕

と、おもわざるを得ない。

人間の欲望は際限もないもので、あれもこれもと欲張ったところで、どうにもならぬことは知れている。一つ一つの欲望を満たすためには、金よりも何よりも、それ相応の〔時間〕を必要とする。一を得るためには、一を捨てねばならぬ。時間のことである。人生の持時間こそ、人間がもっとも大切にあつかわなくてはならぬ〔財産〕だとおもう。私の場合、若いうちに、それを知ったつもりになったことが、いまになっ

てみるとさいわいだったのであろう。

三日に一度ほどは、ぼんやりと自分が死ぬ日のことを考えてみるのは、徒労でもあろうが、一方では、自分の中の過剰な欲望を、打ち消してくれる効果もあるのだ。

こうして、いまの私は、なるべく自分の死に親しみをおぼえてゆきたいと願っているが、むずかしいものだ。死そのものを考えるというのではなく、死を最後の目標にして、その道程を考えるようにしている。道程とは、それまでの一日一日のことだから、その日いちにちの充実を、先《ま》ず、こころがけている。これもまた、むずかしい。

むずかしいが、想わぬよりも想っていたほうが、はるかに日々は充実する。これも、まぎれもないことだ。

もっとも、私の場合、充実といっても大したことではない。

たとえば、三度の食事のことだとか、友人と語り合ったり、映画を見たり、酒をのんだり、仕事の調子をととのえたりという、だれもがしていることなのである。

死を想いつつ、日を送っていると、すこしずつではあるが、最後の目標をめざして、自分の生活の調子を看《み》ている自分に気がつくことがある。

老母についても、親しい人びとに、

「おふくろは丈夫で、なかなか死んでくれないよ」

などといい、

「結構なことじゃありませんか。そんなことを口に出すものじゃありません」

と、たしなめられることがある。

これは、母より先に私が死んでしまうこともあり得ると想うから、つい、そうした言葉が口に出てしまうのだ。

私のあとに、老母が生き残ったら、これはもう可哀想だ。

当人は、そうなったら、私の弟のところへ行くといっているが、なんといっても、私の家内と二十年も一緒に暮しているのだから、不満はあるとしても、母にとっては、もっとも自分の身についた生活を、いまは送っているわけだ。

私が死ぬと、それが破壊されることになる。

あるいは心配するほどのこともなく、家内と二人きりで暮して行くかも知れないが、ともかく私の丈夫なうちに母を見送ってやりたい。そのためには、もう少し、私も生きていなくてはならぬ。

私は、わがままで短気で、欠点の多い男だが、戦後三十年を迷わずに、一つの仕事を目ざして歩いて来て、それで暮しが立つようになったのだから、何もいうことはない。

この間に、いろいろと苦しいこともあったが、つとめて、自分の心が屈折せぬようにして来た。ことに芝居の仕事をしているときは、むりやりにも、自分のおもうところをつらぬき通してきた。若いうちでなくては到底できない。あのころに、押し潰《つぶ》されてしまったら、いまごろは、どうなっていたろう。

いまでも私は、わずかにではあるが、絶えず、自分の前に、わざと〔障害〕を置くことにしている。

それでないと、自分の仕事がとまってしまうからだ。仕事の切れ味が鈍っては、食べて行けなくなる。生きているうちは、やはり、食べなければならぬのである。

それにしても、五十歳に達してからは、いくらか、生きて行くことが楽になってきたようだ。自分の気持をうまくあやつることもできるし、年齢相応に、世の中の仕組もわかり、むりに苦しむこともなくなってきた。

あと十年もすると、また、別の世界がひらけて来るかも知れない。それをたのしみにしていないものでもないが、いよいよ、そのつぎにやって来るのは、お待ちかねのあのことである。

それも、順番に行けばのことだが……。

26年前のノート

去年の暮から、若い友人たちに手つだってもらい、書庫を整理している。

戸棚の底から、汚れた、薄いノートが一冊あらわれた。

ノートにカバーがしてあって、その上へ白い紙が貼りつけてあり〔断片・昭和二十四年〕と、書いてある。カバーは、アメリカの写真雑誌〔ライフ〕の一ページを切り取ったもので、赤いドレスを着た金髪美人が黒猫を抱いている。いまから二十六年前の〔ライフ〕だから、戦勝国といえども、アメリカのグラヴィアの紙もうすく、印刷も何やらたよりなげなものだ。

それも現在の私の目から見るからのことで、二十六年前の当時、アメリカの写真雑誌が、どれほどにすばらしく、美しく見えたことか……。

東京は、戦災で焼けただれた姿を、まだ濃厚にとどめてい、衣食の配給制度は依然、つづけられていた。男も女も焼け残った衣服を身につけ、私なども、海軍から復員したときの軍服を、まだ手ばなせなかった。雑誌も単行本も、ほとんどが仙花紙《せんかし》のようなひどい紙だったし、人びとの生活には、まったく、

「色彩がなかった……」

のである。

私は当時、都庁の防疫課《ぼうえき》につとめており、荒廃しつくした上野の山や駅、地下道に群がる浮浪者の人びとへ、注射をしたり、入浴をさせたり、アルバイトの学生諸君とともに、DDTを撒布《さんぷ》したり、ともかく、終戦以来、猛威をふるった、かの発疹《はっしん》チフスを根絶やしにするための、一種の検疫作業をやっていたのである。

ところで、ノートをひらいて見ると、はじめのページに、文学座が三越劇場で上演したジョン・V・ドルーテン作〔ママの貯金〕の舞台装置が描いてある。私は、この芝居を三度、見に出かけてスケッチしたものだ。鉛筆で描いたものの上からペンで克明に擦《なぞ》り、赤と青の色鉛筆で、わずかに色彩をほどこしてある。

この年、私は二十六歳で、劇作家になる決意が、ようやくかたまったときだ。そして、翌々年の昭和二十六年の夏には、新橋演舞場でデビューすることを得たのだから、先《ま》ず、めぐまれていたといえよう。

この〔ママの貯金〕の舞台装置のつぎに、また、何かの舞台装置が描いてある。

これは、御殿場《ごてんば》の農家を、私が装置につくったもので、ひろい土間の台所に石井戸があり、棚に乗っている食器やら、積み重ねた薪《まき》。土間につづく板敷きの間の大きな囲炉裏《いろり》や、茶箪笥《だんす》、ホウキやハタキまで描いてあるのだ。

(ほう……こんなもの、描いたことがあったっけ……)

見ているうちに、すぐ、おもい出せた。

装置の絵の下に〔炉辺日記・一幕二場——一杯道具〕と書いてある。

これは、当時、そうした題名の脚本を、私が書こうとしていたのだ。そのころから、私は自分で舞台面を描いてしまわぬと脚本が書けなかった。それというのも、やはり絵を描くことが好きだったからだろう。いまも、ときどき小説の仕事をはなれ、芝居の世界へもどることもあるが、やはり、ノートに舞台の平面図だけでも描かぬと、脚本がまとまってくれない。

この〔炉辺日記〕は、ついに一行も書かなかったが、どういう脚本を書くつもりでいたかというと……最愛の一人息子を戦争で失った老夫婦が、東京の焼け残った家に住んでいて、それが、米ソの戦争再開による原子爆弾の日本投下を恐れるあまり、御殿場の農家を買い取り、東京を逃げ出す。

まあ、そういう芝居をつくろうとおもっていたのである。

モデルは、私の伯父《おじ》夫婦であったが、もちろん、伯父たちの性格は私がつくりあげたものだ。

第二次世界大戦が終って四年たった、この年に、タス通信はソ連が原子爆弾を所有していることを発表した。

日本は、まだアメリカの管理下にあり、この翌年には朝鮮戦争が勃発《ぼっぱつ》し、マッカーサー元帥が日本再武装の必要を強調した。

日本はアメリカの一大軍事基地であり、アメリカとソ連の一触即発の危機感が、それから、十何年もつづいたのである。ことに、アメリカとの講和条約が締結されるま

東京・深川森下町の都営産院跡。26年前、東京は戦災で
焼けただれた姿を、まだ濃厚にとどめていた。

での日本は、それこそ薄氷を踏むような危機感があって、老人ばかりではなく、戦争に生き残った若者たちも、これからの自分たちの人生を想うと暗然となった。これはもう、食糧の不足どころのさわぎではなかった。その中で、それぞれが自分の道を見出し、目標を定めなくてはならなかった。

私などは海軍へ入って戦争期をすごしたけれども、むしろ、戦後の、この期間を乗り越えるのが苦しかった。

戦後の日本の復興については、いささかも迷うことなく信じられたが、いかに復興しても他の大国どうしの原爆戦争が始まれば、日本は、ひとたまりもなかったのだ。

事実、あぶなかった。日本のみならず、アメリカもソ連も、よく、危機を回避し得たものである。

こういう悩みがあって、劇作の勉強も、一時、手につかなかったことさえある。〔炉辺日記〕も、ついに書き切れなかったのは、構想を考えるうちに、考えることが恐ろしくなり、放り出してしまったのかも知れない。

私の師・長谷川伸が、あるとき、

「そりゃあね、君。原爆戦争が起るとおもったら、一人一人が起らぬように生きて行き、起らないとおもうのなら、その線を強調する生き方をすればいいのだ」

と、簡短明確にいって下すった。

この言葉で、私は、どんなに勇気づけられたか知れない。

また、ページを繰ると、新聞の切りぬきが貼りつけてある。

〔日曜読物〕とある、その下に、山田《やまだ》五十鈴《いすず》が〔私の生きる道〕という文章を書いている。

「……私の心には、どこか男性的な部分があるのではないでしょうか。仕事に精を出し始めると、もう、その他の物は一切かえりみないのです（中略）そのときは、恋人であろうと夫であろうと、忘れてしまうのです。そして、その人に気の毒だとおもう気持があっても、どうにもならないのです」

などと、五十鈴は書いている。私は、この文章が大いに気に入ったらしい。だから貼りつけたのであろう。

「……自分を、そのまま世の中にさらけ出して生きることくらい、気持のいいことはないと思うのです。メッキは下手なほうですから、そんな小細工は決してやりたいとは思わないのです。これが私の生き方です。よくも悪くも、これがたった一ツなのです」

とある、その下に、私の字で、

「エライ女なり」

と、赤インクで書いてある。

つぎのページには〔芝・大門のスポーツ・センターにて〕と書いてあり、そこの最上階の回廊から、競技場を見下したスケッチが描かれている。どうも、おぼえがないが、これも芝居の舞台につかうつもりでいたのだろう。

そのつぎのページには、芹沢銈介《せりざわけいすけ》画伯の肉筆のカットが三枚、貼ってあるではないか……。

これには、びっくりした。

どうして、こういうものが手に入ったのか、いくら考えてもわからない。

当時の私は、画家を数人、知っていて、いろいろと親切にしていただいたから、その中のどなたかが、私にくれたのかも知れない。

小さなカット画だが、すばらしいものだ。

これからも大切に、しまっておこう。

そのつぎには、フランス映画〔泣きぬれた天使〕の、ジャン＝ルイ・バロー扮《ふん》する画家のアトリエを舞台装置にして描いてある。

そして、つぎには〔一間に住む工夫〕という雑誌の切りぬきがはさみこんである。六帖《じょう》の部屋を図面によって和風と洋風に分け、炊事場や戸棚を自分で工作するように説明してある。

私は当時、つとめ先の役所へ寝泊りしており、母は、ある保険会社の管理人となってビルの地下室に住み、弟は、つとめ先の寮に入っていた。三度も戦災を受けたので、われわれには住む家がなかったが、こういうことはすこしも苦にならなかった。

私が、冬の寒い夜ふけに、役所の事務室に寝ているのに、役所のまわりの石段やコンクリートの壁には浮浪者の人たちが何十人もムシロをかぶって寝ていたのだ。

それにしても、やはり、自分が住む部屋がほしかったのだろう。だから、このような切りぬきをはさみこんだのだ。

そのころ、私は、役所の昼休みに、母が住むビルへ行き、昼飯を食べ、ついでに大きなアルミの弁当箱へ飯をつめてもらい、そのほか、パンか握り飯を翌朝の食事に受け取って来た。外で食事をするためには、外食券食堂へ行かねばならない。その他、何も食べる店はない。ヤミ市へ行き、得体の知れぬものを高い金をはらって食べるなら別のことだ。

夜は自分で何かつくった。電熱器とフライパン一つで、いろいろなものをつくったが、もっともよくやったのは、たっぷりとバターを溶かし、小麦粉をまぶした豚肉の小間切れを入れ、その上からザクザクに切ったキャベツをいっぱいにのせ、その上へバターを置き、フタをしてしまうのだ。

しばらくして、肉に焦目《こげめ》がついたころ、フタを開けて、今度は肉とキャベツを反対に引っくり返す、これへウスター・ソースを振りかけて食べる。

進駐軍の米兵・ジョンソンがある夜、私のところへあそびに来たとき、これを食べさせてやったら、彼は、

「こんな、うまいもの、食べたことがない」

と、いった。

私どもの防疫作業は、終戦二年ほどは、米軍の監督のもとにおこなわれたので、彼らとともにはたらいた。

ジョンソンは、そのとき、仲よくなった男で、ウイスコンシンのマディソンの近くの鍛冶屋《かじ》の息子だといった。

ノートのカバーにしたライフも、ジョンソンがくれたのである。

彼は、やがて朝鮮へ戦いに行ったきり、二度と私の前にはあらわれない。

ソバカスだらけの、ふとった若者であった。笑うと両眼がやさしく、握り飯も佃煮《つくだに》も刺身も食べた。

そのつぎに、

「高山春子、自殺せり」

と、書いてある。

その下に（役所の保健婦）とあるが、どんな人だったか、おもい出せない。

「しっかりした人だったが、失恋が原因で、自殺したらしい。若いのに、ずいぶん、おもいきったことをしたものだ。前に私が靴下の破れをつくろっているのを見て、親切に、縫い方を教えてくれたことをおもい出した」

などと、書いてある。

同じページに、植物学者として有名だった牧野富太郎《まきのとみたろう》氏の、新聞にのった写真が貼ってある。

何か、牧野博士の伝記でも読んで感銘をうけたものらしい。

そして、牧野博士を主人公にした芝居を書こうとおもっていたのではないか……。

私が七年後に、牧野富太郎伝の脚本を書き、新国劇によって、新橋演舞場で上演をしているところを見ると、このころから、牧野博士に関心をもっていたことが、いまになってわかる。

そのつぎから数ページにわたって、新聞の夕刊に毎日のっていた〔お料理交換会〕と称するコラムの切りぬきが貼りつけてある。

これは、読者や、知名人が書いたものをのせたので、私も、例のキャベツと豚肉の惣菜《そうざい》を投書し、それが新聞にのったのを切りぬいてあるのだ。

これを見ると、たとえ外食は出来なくとも、食糧事情は、かなり好転しつつあったことがわかる。

故亀井勝一郎《かめいかついちろう》氏は〔魚飯《ぎょうはん》〕というのを発表しておられる。

「生マスか生鮭を、こげないように焼いて水分をとり、これを冷まし、まないたの上にのせて庖丁で、こまかくきざんでソボロにします。別に、蕎麦《そば》と同じ汁をつくっておきます。熱い飯に前のソボロをかけ、細かく切ったネギと、もんだ海苔《のり》を上におき、あたたかい汁をかけて食べます。簡単ですが、とてもおいしいものです」

と、書いてあり、そこに私が赤鉛筆でまるをつけてあるのは、これを自分でつくってみたからである。

俳優の千秋実《ちあきみのる》氏が、

「あったかい御飯に味の素を小さじ一杯と、しょう油をかけて食べると、何度でもお代りするくらい、おいしいんですよ」

と、書いてある。

これにも、むろん赤まるがついている。

肉や魚が自由に入手できた時代ではないから、これほど簡単なものはない。おそらく何度もためしたにちがいない。

井上靖《いのうえやすし》氏は、

「永平寺の米湯」

について書いておられる。

石川達三《いしかわたつぞう》氏は〔鮭茶漬〕である。

淡谷のり子さんは〔菜飯《なめし》〕だ。

NHKの声優・綱島初子《つなしまはつこ》さんのは、

「……お肉が手に入りましたときは、お肉を入れて……」

と、書き出して〔芽キャベツとカキのシチュウ〕を発表している。

ということは、肉が、おもうままに入手できなかったことを意味している。一定の量が売り切れてしまうと、肉屋は店を閉めてしまったのだ。

丹羽文雄《にわふみお》氏夫人は〔豚肉の湯豆腐鍋〕である。

もう、やめよう。キリがないから……。

ところで、この稿を書くために、昭和二十四年度の日記がないかとおもって探したが、見つからない。

そのかわりに、終戦から約一年目の昭和二十一年五月のノートが出て来た。

その中に、ある日の食事のことが書いてある。

（朝）味噌《みそ》汁一杯（スイトン・キャベツ）
　　まぜ御飯一杯
（昼）まぜ御飯（弁当箱一杯・ただしギッシリではない）
　　ヒダラ。みそ汁。
（夕）蒸しパン一個
　　鯵《あじ》の塩焼二尾。シャクシ菜と大根の葉の酢の物。

こんなものを食べて、私たちは、はたらいていたのだ。昭和二十一年は、まだ、母と弟と共に焼跡の小さな部屋を借りて暮していたのだから、これでも母が一所懸命に食物をあつめて、こしらえたものである。

また、うまいとおもったからこそ、ノートに書きとめておいたのであろう。

また別の日には〔今日の夕飯は、うまかった〕とあって、ジャガイモ入りパン二個、ジャガイモとキャベツのスープ、キュウリの塩もみ、と書いてある。

同じ日に、

「菊屋《きくや》橋に氷屋が開店した。出かけて、氷イチゴをのむ、その甘さにおどろく」

などと、書いてある。

とにかく、敗戦だったにせよ、戦争が終り、東京へ帰って暮している私の一日一日が悲惨な戦争に生き残れたよろこびにあふれていたことが、このノートを見ていると、はっきりおもい出されて来る。

昼間はたらき、夕暮から浅草へ出かけて映画を見たり、読書をしたりすることが、夢のように、ふしぎにさえおもわれたものだ。

また、別の日に、

「今日の夕飯は、実にゼイタクであった」

と、書かれている。

何を食べたかというと、

(1)　代用粉の蒸しパン二個

(2)　ブリの照り焼
(3)　キャベツの塩もみ
(4)　サヤエンドウの味噌汁

である。

ここで、また、昭和二十四年の切り貼りノートへもどろう。

最後のページに、画家の三岸節子《みぎしせつこ》さんの随筆が貼ってある。

「……去年も押しつまったころから、来年は来年はと、インフレーションに脅迫されつづけて来た。しかし、だれが何とおどろかそうと、私はビクともしない（中略）今年も泰然自若《たいぜんじじやく》と暮そうとおもっている。誠実に、一所懸命絵を書いてさえいれば、神様が生きさせて下さるだろうと信じこんでいる」

と、あって、これがノートの最後のページであった。

家族

先年、フランシス・フォード・コッポラ監督が、マーロン・ブランド主演でつくった映画〔ゴッドファーザー〕は、日本でも空前の大ヒットになった。この続篇〔ゴッドファーザーPARTⅡ〕がつくられ、日本でも近いうちに封切りされようとしている。

コッポラ監督は、今度の続篇で、現代の人間たちの〔家族〕を描こうとした。〔ゴッドファーザー〕の続篇である以上、この映画に描かれる家族は、いうまでもなく、「マフィアの家族《ファミリー》」である。

〔マフィア〕は、イタリアのシシリー島出身の者たちが結束してつくりあげた組織で、一九二〇年代から三〇年代にかけて、売春・密造酒・賭博《とばく》・麻薬などをあつかい、恐るべき暴力をもってアメリカの暗黒街に君臨した。

〔マフィア〕が、アメリカの政治・経済をはじめ、あらゆる分野……それは芸能界にまで大きなちからをおよぼしていることを、知らぬ者はないだろう。

映画〔ゴッドファーザー〕は、そのマフィアの一巨頭《ゴッド・ファザー》・コルレオーネと、その家族を、凄《すさ》まじい暴力の鮮血がほとばしる画面に描いた。

今度の続篇は、前作でマーロン・ブランドが扮《ふん》したコルレオーネの若き日と、彼の三男で二代目・ゴッドファーザーの椅子についたマイケルを交錯して描いて行く。

つまり、一九二〇年代の初代・ゴッドファーザーの家族と、略《ほぼ》、今日に近い一九五〇年から六〇年代にさしかかろうとする二代目の家族を交互に描いたわけで、そこに、コッポラ監督のねらいがあるようにおもう。

つまり、コッポラ監督は、

「これは、マフィアの家族ばかりではなく、あらゆる社会、階級に住む人びとの家族にも、同じような変化が起っている……」

ことを、いいたかったのであろう。

続篇には派手な銃撃戦もなく、腰を据えたつくり方で、コッポラは家族《ファミリー》というテーマに取り組んでいる。
四、五十年前の、日本では大正末期から昭和初期にかけて、初代・ゴッドファーザーが、シシリー島で父も母も兄もマフィアに殺され、わずか九歳で、移民団へまぎれこみ、アメリカへわたり、ニューヨークのイタリア街に成長し、ありとあらゆる職業をわたり歩きつつ、しだいに頭角をあらわし、イタリア街を牛耳っていた悪玉ボスを暗殺して、ついに、マフィアの頭目への道へ進み出すとき、若い妻も幼ない子供たちも、みな、家長である彼を信頼し、一点のうたがいも抱かぬ。
血なまぐさい暗黒街で売り出して行くための、いのちがけの危険にも、彼らは家族ぐるみ躰《からだ》を張ってぶつかって行く。

家長のコルレオーネも、また、家族の信頼にこたえ、流血を物ともせず、家族たちをまもりぬくのである。

こうしたコルレオーネ一家の姿は、前作〔ゴッドファーザー〕に生き生きと描かれていた。

父母と、その息子や娘たち。それを取り巻く配下のマフィアたちもまた一つの〔家《ファ》族《ミリー》〕だったのである。

むずかしくて、めんどうな理屈は何一つない。

コルレオーネ一家の〔掟《おきて》〕によって、彼らは敢然と死ぬし、また、生きぬいて来た。

家長は、鉄のごとき責任感と実行力をもって、彼らをひきいて行くのである。

ところが二代目ゴッドファーザーの時代になると、様相が、激しく変って来る。

二代目のマイケルは、高等教育を受けて、はじめは父の跡をつぐつもりはなかったが、ついに、自分でおもってもみなかった〔ゴッドファーザーの血〕がよみがえって来て、父亡きあとの椅子に就《つ》いたのである。

こういう青年だっただけに、マイケルの妻も、同じ大学にまなんだ現代女性である。

マフィアの一族でもなければ、シシリー島出身でもない。

マイケルは、二代目の座にすわることになったとき、妻に、こういった。

「五年間のうちに、マフィアの仕事を、きっと、合法的な事業にしてみせる。復讐《ふくしゅう》もなければ暴力もない世界にしてみせる」

続篇は、その五年目からはじまる。

ニューヨークから西部のネバダ州へ根拠地を移した二代目は、七歳の長男アントニーの聖餐式《せいさん》があった日の大パーティの夜、寝室で妻と共に機関銃の襲撃をうける。

依然として、暴力は消えていないのだ。

妻は、恐怖し、マフィアの世界を激しく批判する。

これだけなら、まだ、よい。だが大戦後のアメリカは、たとえば〈犯罪調査委員会〉のように、強力な政治組織をもって、マフィアを弾圧しようとする。

しかもマフィアの世界は拡大され、アメリカばかりでなく、革命前夜のキューバへも伸び、利権を争うほどになってしまった。

もはやコルレオーネ一家などという古めかしい呼称がふさわしくないほどの、複雑な大きい組織になってしまっている。そのくせ、流血の惨は絶えない。

二代目ゴッドファーザーの妻は、苦悩の結果、ついに夫のもとをはなれて行くのだ。教養のある現代女性としては、耐え切れぬことであろう。もっともなのだが、ここにおいて彼女は、

「夫と子を捨てた……」

ことになるわけだ。

その罪の意識が、また、彼女をさいなむのである。

二代目は亡父同様に、あくまでも家長の権威をつらぬこうとする。

妻の心を知らぬではないが、大組織のゴッドファーザーである以上、妻と子をつれて一サラリーマンになるわけにはゆかぬ。たくさんの仕事、たくさんの人間たちの〔責任〕が、彼の肩一つにかかっているからだ。

妻に逃げられ、初代の妻であり、二代目の母であるママ・コルレオーネが亡くなり、そして、二代目は実の兄まで暗殺しなくてはならなくなる。

父の時代からの、古い配下たちも、つぎつぎに死んで行く。

そして、二代目ゴッドファーザーの巨大な家族は、

「冷えて行く……」

のである。

もはや中年に達した二代目、マイケル・コルレオーネは、ラストシーンで、兄の死体を沈めたタホー湖の畔《ほとり》の椅子に、ひとり腰をかけ、身を嚙《か》むような寂寥感《せきりょうかん》に抱きすくめられるのだ。

五年前に、庭の野菜畑の手入れをしているとき、心臓発作で倒れた父のゴッドファーザーは、駆けつけたマイケルの手をつかみ、夏の陽光にかがやく庭のにおいを吸いこみ、

「人生は、こんなにも美しい」

と、マイケルにささやき、微笑と共に息絶えたものである。

これが、人生のすべてを、自分の家族と配下たちの熱い血のつながりによって解決し、生きぬいて来た老父の臨終であった。

それに引きかえ、二代目となったマイケルは、まだ中年の坂へさしかかったばかりなのに、父母や兄や妻までを失い、家庭へもどれば、

「生きながら死んでいる……」

ような暗い眸《ひとみ》を暮れ沈む湖面へ向け、凝《じっ》と身じろぎもせぬ。

マイケルは、いまの自分の長男と同じ年ごろに、父母と共にシシリーへ帰った。そのとき父は、自分の父母や兄の敵を討ちに帰ったのだ。

そのときの潑剌《はつらつ》たる若き日の父母や、幼かった自分の姿を、マイケルはおもいうかべているのだろうか……。


戦後の日本は、教育が進歩拡大され、それに歩調を合せて、家族制度が崩壊したといわれる。

アメリカ人で、私と親しい青年は、

「それは、アメリカも同じです」

と、いう。

ことに、アメリカは、大戦後、約三十年にわたって、朝鮮やベトナムへ出兵し、戦火が絶えなかった。

アメリカの若者たちの苦悶《くもん》は、非常なものであったろう。

ヒッピーが生まれたのも、これが原因である。

この三十年、日本は、まったく戦争をしていない。

アメリカのヒッピーと日本のヒッピーのちがいは、ここにある。

日本のヒッピーなんて、アメリカのまねをしているだけだ。髪の毛を長くのばし、親のいうことは何事も聞かず、ただもう、

「自由がほしい」

なぞといって、家を飛び出し、諸方をうろつきまわり、

「たれながしのような……」

迷惑をふりまきながら、無銭旅行をやったりして、それが「自由」だとおもいこんでいるだけなのだ。

アメリカのヒッピーの根底に横たわっている苦悩は、もっと、凄《すさ》まじいものなのである。

これは、むしろ、私どものような中年男のほうが、よくわかる。

私どもも、青春の行手に〔戦死〕が待ち構えていた世代だからだ。

ヒッピー……その名も、もはや古めかしくなった。

いま、また、時代は変りつつある。

アメリカは、ベトナム戦争に、一応、終止符を打ち、若者たちは、

「さあ、うかうかしてはいられないぞ」

と、学校へもどったそうである。

かつてのヒッピーも、このごろは、あまり見かけない。

しかし、ヒッピーあがりの三十男が、依然として垢《あか》だらけの、あぶら臭い長髪をたらし、映画館の椅子で鼻クソをまるめては、となりの席の人へはじき飛ばしたりしている。これほど幻滅なものはない。

だが、日本の若者たちも、おおむね、学業にもどったようだ。

このように、せせこましい時代になっては、日本にも外国にも、ヒッピーの無銭旅行をゆるしておく余裕がない。

しかし、日本の学業は、

「学業のための、学業」

である。

息子の学業を完遂させるためには、父親の心身は、中年の坂へかかると消耗しつくしてしまう。

妻は子供たちの学業に専念し、夫の面倒を見ることができぬ。あるいは、見ない。

中年層の男たちの家庭は、まさに、二代目ゴッドファーザーそのものなのだ。

教育の過程もメカニズムに組みこまれた。

熱い血のながれも、感情もない。

ただもうテキストにかじりついて、少年が青年になるだけのことだ。

二代目マイケルの世代は、父の時代を知っていたから苦悶するのであろう。

これからの若い世代は、母親が主導権をもつ家庭における疲労しつくした父の姿のみを記憶していて、

「男とは、こういうものなのだ」

と、信じてうたがわなくなるらしい。

夜の、暗い道で、勤め帰りに表通りの酒屋へ立ち寄って、コップ酒をのんだ二人の四十男の声が、私の耳へ入ったことがある。

「絶望だ。絶望だよ、君……」

「そうだね、そうだね……」

「われわれには、家庭があっても、それは、おれたちの家庭じゃない」

「女房と子の家庭だ」

「これから帰って、じいっと息をひそめて、足音をしのばせて、便所へ行き、飯を食い……」

「そして、寝ちまう」

「いま、子供たちは試験勉強だからなあ……」

「ねえ、あんた。自分の子供、本当に可愛いの?」

「うむ……可愛い」

「私は、憎いね。憎むよ」

「そうかね」

「私の精神もだね、肉体もだよ。子供たちに食い荒されてしまった。いまじゃあ、ガイコツだよ」

「そうか……そうかも知れんなあ……」

「憎いよ、我子が……」

「憎くて可愛いのさ」

「いや、私は憎い。憎いよ……」

親と子の、この愛憎の矛盾は、いまにはじまったことではない。

ただ、むかしは親は親で、子に憎まれつつ、自分の世界に生きることもできた。

子の場合も同じである。

いまの子供たちは、父母の精神と肉体を食いつぶしながら、好き勝手な事をしているのではない。

明けても暮れても、勉強と試験に苦しめられている。

人間の社会生活に、文字で書いたような〔自由〕は、いつの世にも絶対にないのである。

このことを銘記せずに、

「自由、自由……」

と叫びつづけて来たおかげで、戦後の日本の家庭は崩壊することになった。

高度の教育を、だれもがのぞみ、家庭生活の余剰は、すべて子供の教育へ吸いあげられて行く。

人びとの生活も単一化し管理化され、社長の家庭も社員の家庭も、大小の差はあっても、同じような物を食べ、電化製品を享受し、自家用車に乗り、同じ酒、煙草《たばこ》をのむ。

〔人生〕もまた、単一化したのである。

これでまた、学問も教養も管理化され、単一化してしまうのだ。

そして、親と子、妻と夫、兄と弟、姉と妹の間もまた、単一化されざるを得ない。

「自由に生きたい……」

という譫言《たわごと》が、まだ、日本の家庭から立ち退かぬのである。

この譫言が、戦後の日本の家庭を冷却させ、単一化してしまったことを忘れてはならない。

いま一度いいたい。自由というものは人間の社会生活にはなく、個人の胸の内に大きく存在することを……。

私には、子がない。

ほしくないからつくらなかったのではない。

さずからないものは仕方がないのである。

したがって、家庭は、母と妻と私の三人きりだ。

弟が一人いて、これは大阪にいる。妻との間に二人の子がある。

弟は、母が非常に可愛いがった子であって、母は、できれば弟のところで暮したかったのであろう。

しかし、いまさら、弟の家へ行くよりも、私のところにいて、弟の負担をできるだけ軽くしようと、がまんをしているにちがいない。

弟もまた、母と暮したいだろう。

暮せぬことはないが、母を入れぬ家庭が十余年もつづいていることをおもえば、ためらわざるを得まい。

母も同様である。

なんといっても二十余年を、私たち夫婦と暮している。

私のおもうままにできぬことはあっても、そこには家庭への馴れがあって、不安がないのである。

このように、家庭の重味は歳月の重味といってよい。

私のところでは、むかし、母も妻も、気の強い女であって、どちらに味方をしても、いけなかった。

結婚早々に、私は双方を片手落ちなく叱りつけ、怒鳴りつけて来た。

家庭の紛争は、

「女ふたりの責任である」

というこことにした。

「二人して出て行け」

と、叱ったこともある。

妻を撲《なぐ》りつけたとき、階段の下で母が見あげていたので、傍のコップをつかみ、

「何を見ているのだ！」

と、母へ投げつけたこともある。

むろん、当らぬようにだ。

このように、些細《ささい》なことにでも、バランスをとって行かぬと、気が強い女ふたりを、牛耳ることは、とてもできぬ。

これを苦しいとおもってやってはならぬ。

おもしろがってやらなくては、こっちの身がもたぬ。

子がないから、こうしたふるまいも仕てのけられたのであろう。

子ができると、子の前で、夫婦喧嘩《げんか》も親子喧嘩も見せられぬというので、男は、何

事にも目をつぶってしまう。

そして、事実上の家長は妻に変って行くのである。

私どもが子供のころ、東京の下町の家庭では、子供の前だろうが何だろうが、夫婦も親子も血のおもむくままに闘い合い、怒鳴り合っていたものだ。

だからといって、子供が悪くなったかというと、そうでもない。

両親の、こうした闘いを見ているうち、子供は大人の世界をおぼえて行ったものなのである。

いつであったか、知り合いの鮨《すし》屋へ、母と妻を連れて行ったとき、そこの、おかみさんへ、母が、

「嫁といっしょに、いまでも鍛えられていますよ」

と、ささやいていたのをおぼえている。

このように、女ふたりを鍛えて来て、二十余年もたつと、どうにか落ちついて来る。

このごろ、私が大声を張りあげるのは、年に一度ですむ。

これほどに、男が自分の〔家庭〕をつくるというものは、歳月とエネルギーを必要とするのだ。

もちろん、威張っているばかりではない。

もっとも、男が気をつかわねばならないのは、妻の実家へ対してである。

妻の母を、私の母と共に、何度、旅行へ連れて行ったか知れない。

いまおもうと、実によかったとおもう。

高齢の義母は、もう、足を悪くして、私の家へも来られなくなってしまった。

同様に、私の母にも、いつ死なれても、私としては、するだけのことは全部しているから、すこしも心残りはない。

妻に対しても、そうである。

妻は指輪一つ持っていないが、日本中、ずいぶん、いろいろなところへ連れて行った。

妻が先に死ぬというのではなく、私が先に死んでも、心残りはない。

「生きているうちに、ああしてやればよかったが、ついつい、いそがしくて、何もしてやれなかった……」

などというのは、男として愚の骨頂といわねばならぬ。

このようにして、五十をこえてみると、もう、私の人生は終りに近くなっている。

まったく、早いものだ。

これからの老年期に、気力も体力もおとろえた私がどうなって行くか、それは知れたものではない。いずれにしても、人は、ほろび去るのである。

むかしの子供や、若者たちは、家庭においても社会においても、中・老年の大人たちの〔世界〕によって、

「がっしりと、きびしく、押えこまれていた……」

のである。

だからこそ、子供も若者たちも、

「大人のまねをしたがった……」

ものであった。

現代は、子供と若者の〔世界〕が、中・老年層を圧倒している。

どこで圧倒しているかというと、

「家庭で圧倒している……」

のであって、さすがに、それぞれの職業や事業や、公的社会においては中・老年層がリーダーシップをにぎっているけれども、子供と若者と女性が中核となっている〔家庭〕が、徐々にではあるが、残存している大人の世界へ影響しつつある。

昭和三十二、三年ごろから、東京オリンピックを頂点にする高度成長がもたらした、いわゆる〔文化生活〕の大半は、女と子供と若者のために膨張し、展開して行った。

大量生産され、吐き出され、吸収されて行く種々の製品は、

「大人らしい大人の……」

耳目をひきつけ、購買欲をそそるものは、ほとんどなかった。

「ばかばかしい……」

と、おもいながらも、大人たちは、家族に電化製品をあたえ、贅沢《ぜいたく》をゆるさざるを得なかった。

収入が増えれば、流行する電化生活を拒むことはできない。

大人たちの仕事は多忙になるばかりだったし、家庭に目を光らせる暇が失われてきたからだ。

私の家では、昭和四十年に、はじめてテレビを買い、冷蔵庫と電気掃除機を女たちへゆるした。

母も六十をこえ、妻も五十に近くなり、肉体的に家事をこなすことがスムーズにまいらなくなったからだ。

十年前までは、彼女たちが我手で洗濯をし、掃除をしていたのである。

それはさておいて……。

高度成長の収入増加によって、観光旅行のブームが到来するのと同時に、女・子供・若者をよろこばせるための、ありとあらゆる〔生活〕が、マスコミによって、

「売られはじめた……」

のであった。

このため、中・老年層の大人たちが享受すべき文化というものが、一つ一つ、消えて行ったのである。

たとえば、近年の中・老年層は、映画一つ観ようという気持が失《う》せてしまった。

読書のよろこびも失ってしまった。

音楽を聴く余裕も消滅した。

むろん、大人のすべてがこうなったわけではないが、そうした大人の芸術の世界が、一般の中・老年層から遊離してしまったのである。

その結果、大人までが、

「子供じみてきた……」

のである。

いつであったか、京都から帰る新幹線の中で、私のとなりに坐った中年の会社員が、しみじみと、

「このごろのわれわれは、女房と子供のためだけにはたらき、生きているようなものです。自分の収入によって、自分を高めることができなくなりました」

と、いった。

むかしは、家族たちが、

「主人のために生きて、はたらいていた……」

のであり、主人は、自分と家族たちのために生き、はたらいていた。

私の祖父は、東京の下町に住む、しがない錺職《かざりしょく》（金属で、かんざし・指輪・帯留などを細工する職）であったが、仕事が一区切つくと、孫の私をつれて、上野の美術館へ画を観に行ったり、芝居へ出かけたりしていたものだ。

歌舞伎見物は、むろん大好きであったし、劇評家の伊原青々園《いはらせいせいえん》の書いたものを好み、自分の男の子（私の叔父《おじ》）が生まれたとき、青々園の本名である敏郎《としろう》をとって、名づ

けたという。

学校もろくに出ていない一職人ですら、これだけの、自分だけにゆるされた生活を、もっていたのである。

そのかわり、こうした大人たちは、ともすれば、

「自分だけのために生きる……」

ことになりかねなくて、ひどい脱線をし、家族に迷惑をかけることもすくなくなかった。

私なども、そうした大人たちに、子供のころは大分、迷惑をかけられた一人であるが、それを、当時も現在も、迷惑におもったことは一度もない。

自分だけのために生きて破滅した男たちの代りに、女たちが家庭をまもって、これを、他の家族が助けたからである。

他の家族とは、親類をはじめ、となり近所の家族のことだ。

これが、戦前までの、東京の家庭であった。

この援助というのは、物をやるとか、金を出してやるとか、そういったものではない。貧しいものどうしが、無意識のうちに助け合うのだ。

子供を置いてはたらきに出る母親の代りに、その子供の面倒を近所の女房が見てやることなど、当然のこととされてい、見てやった当人が「見てやった……」とは、おもっていなかったのである。

女と子供と若者のためにのみ膨張した〈文化生活〉。大人たちは、生活の楽しみを一つ一つ失っていった。

しかし、見てもらったほうは、これを決して忘れぬ。

「恩は着せるものではなく、着るもの……」

だからである。

つまり、このモラルが、そのまま、人びとの家庭そのものに存在していたのだ。

このように、事々《ことごと》しく口に出さず、行動によってしめし合う心の通い方というものが、日本の大人の感覚なのである。

それが、現代の日本には消え果てようとしている。

戦後は、何事にも理論をもって解決するという風潮がひろがり、政治も社会も教育も家庭も、この風潮に捲《ま》きこまれてしまった。

もともと、日本という国の風土と、日本人という国民の性情には理論が適していない。

これからの日本が、理論によって、すべてを解決し得るような国と国民に変化するかどうか、それは知らぬ。

西洋では、風土がととのっていて、自然の異変があまりないので、たとえば、十の種を畑にまくとするなら、十の収穫があるといわれている。

なればこそ、理論的な国体も生まれ、国民の性情もそうなったのであろう。

ところが日本は、小さな島国でいながら、北は北海道から、南は九州・沖縄に至るまで、その風土は瞠目《どうもく》すべき転変を内蔵しており、古来、風水害や地震などによる被害が絶えぬ。

現代はさておき、封建時代までは、天候の不順によって飢饉《ききん》が起ったりすると、戦争などが起らなくとも、人びとは生死の境に立ちすくまねばならなかった。

風土も、四辺を海にかこまれてい、それがために、むかしから何度も、外国の侵略を回避することを得たが、また、同時に、諸外国の文明の渡来を受け、これをさまざまなかたちで、いわば感覚的に、日本のものとし、日本人の性情に同化させて行かねばならなかった。

このように、

「いつ、どこで、どんなことが起るか知れたものではない……」

のが、日本と日本人の宿命だったのである。

こういう国と、その国に生まれたわれわれの先祖の生活は、理論や理屈だけでは何事も解決できなかった。

理論というものは、

「白でなければ黒。黒でなければ白……」

という、明確な解決の仕方を先にのぞんで展開されるものだ。

これでは、日本という国のすべてがうまく解決をしない。

ために、私たちの先祖は、何事にも臨機応変の処置をもって解決して来たのである。法律というものがあっても、それを細《こま》かに定め、われから身動きができぬようになっては困るというので、黒と白の間の中間色をも投入できるような仕組みになっていたのだ。

その中間の色彩というものが、つまり、

「融通」

というものなのである。

政治にも社会にも、家庭にも、この融通のモラルが、白と黒の間に、流動変化する日本人の心として存在していたのであった。

「融通」という言葉を、こころみに、手もとの小辞典で引いて見ようか。

「滞《とどこお》りなく通ること。臨機応変に、また、即座に頭をはたらかせて事を処理すること」

と、ある。

これを現代の理論的な見方でいうと、

「たがいに、なれ合って、いいかげんなところで手をにぎり合い、事を処理すること」

ということになりかねなくなってきた。

どんな場合にも、これを悪用することができて、融通という美徳を、

「なれ合い」

という悪徳にしてしまうのも、同じ人間なのだ。

戦後の日本が理論流行の国柄になったことは、すでにのべたが、その原因が何であるかは、この小さな文章では書き切れない。

いや、書かなくとも、読者の一人一人がそれぞれの立場において、のみこめておられるはずと、私はおもう。

さらに、この理論癖は、まだまだ、日本人の、

「板についていない」

のである。

そこに、悲喜劇が起る。

いまは、テレビの大量普及によって、国会で、大臣や議員たちが国事を審議するシーンを、国民のだれもが見ることができる。

どうだろう、あの議員たちの低劣な野次と、たがいに、たがいの言葉尻をとらえ、愚にもつかぬ弁舌を、ふんぞり返って得意げにふるうありさまの滑稽《こっけい》さは……。

政治家のすべてが、そうではあるまいけれども、彼らは、そうした自分の低劣な姿が画面に映っていることを知らないのだろうか……。

いや、そんなことはない。知っている。知っていて、あのように、酔漢のごとく激《げっ》昂《こう》し、小児のごとく威張り出すのは、わが姿がテレビに映ることを得意になっている、

としかおもわれないではないか。

ここには、国民を納得させる大人の姿もなければ、大人の融通もなく、大人のユーモアの一片だにない。

十年一日のごとく、

「灰汁《あく》ぬけない」

のである。

いつもいつも、

「泥くさい」

のである。

日本は、明治維新によって、近代国家への第一歩を踏み出したわけだが、維新政府の徳川幕府を打ち殪《たお》した人びとは、封建時代の下級武士たちであり、江戸幕府の「遺産」ともいうべき「融通のモラル」を身につけてもいたし、それを基盤にして西洋の文明へ立ち向いもした。

彼らは、異常な緊張をもって危難の国家を担いつつ、急速に成長した。

たとえば、維新前の伊藤博文と、総理大臣になった彼とでは、まったくちがう。

軍人ですら、洗練されていた。

こうして、明治の栄光が終り、彼らも世を去り、昭和の時代へ入って、あの大戦の苦難を乗りこえ、今日に至ったわけだが、これまでにのべて来たことは、政治家についてのみでなく、日本の〔家庭〕と〔家族〕にも波及して来ている、そのつもりで書いたのである。

いまや、日本を囲む海洋は、国際関係上の防波堤でも何でもなくなった。

異国の文化を、わがものにするための余裕を、海はもっていたのだが、それもなくなった。

つい、二十年前までの私どもが、

「贅沢《ぜいたく》なもの……」

としていた〔文化生活〕が、たちまちに海を越えて来て、プラクチカルなものとなったのである。

これから先のことは、私などには、まったく見通しがつかぬ。

いまの日本は、女と子供と若者の世界だといったが、政治の根元となる選挙には、これに老人男女の投票が、大きくクローズ・アップされてきた。

つまり、政治家が選挙に勝つためには、女性と若者の一部〔女性〕と老人の票を大量にあつめねばならなくなった。

そして、必死で家族を養うためにはたらいている男たちは、もう、選挙に関心を向ける気力さえ、失いかけている。あまりに、ばかばかしい世の中になったから……。

将来の人間の生活が、どのようになるか、それは知らぬが、ただひとつ、考えられることは、科学や機械のちからによって、人間の肉体の仕組みまでが、

「変えられるだろうか……？」

と、いうことである。

たとえば、一粒の錠剤をのんでおけば、人間の食欲がみたされ、健康が維持されるようなことになれば、おのずと、家族や家庭の在り方も変って来るであろう。

また、変らざるを得ないだろう。

しかし、人間の肉体は、何万年も前と、ほとんど変らぬ動物の機能によって成り立っているのだ。

その機能が、すこしずつ、地球上の他の動物よりも発達し、発達することによって、知能をそなえるにいたった。

このように、他の動物と同様、人間の肉体と知能・感覚とは、

「切っても切れぬ……」

関係にある。

ただし、男女それぞれに、肉体の構造はちがうし、機能もちがう。わかりきっていることの一事が、すべての物事の根元であることを忘れてはならないのだ。

食べ、ねむり、生殖、排泄《はいせつ》しなくては生きて行けぬように、できているのである。

食べるためには、これをつくらねばならぬ。

ねむるためには、ねむる場所がいる。すなわち〔巣〕がいる。

生殖するためには異性がいなくてはならない。

排泄のためには、その場所がいる。

そうしたものの、すべてをふくんだものが、家庭であり、これらの、人間の肉体の要求をスムーズに運営するのが、家族なのである。

人間の生活を煮つめて行けば、このように簡単なものなのだ。

これがスムーズにおこなわれるために、人間は営々と努力しつづけて来た。それが人間の歴史なのである。

ところが、知能と感覚が発達してしまったために、政治が必要となり、社会がいとなまれ、趣味と嗜《し》好《こう》が生まれた。

そして、科学と機械が、人間の手足の代りをつとめるようになってからは、しだいに、私どもの肉体機能は、おとろえはじめた。

肉体の機能がおとろえると、感覚が鈍くなり、知能が退化して行く。これこそ、自明の理というものなのだ。

現代の人間も、食べなくては生きて行けぬために、はたらく。

その形態はさまざまであるが、つまりは、原始人が得物を持ち、食べるための狩りに出かけるのと同じことなのである。

食を得るため、ちからいっぱいはたらいて〔巣〕に帰って来た狩人は、明日の狩りのために、休息をせねばならぬ。

こころよいねむりをむさぼらなくてはならぬ。

それでないと、人間の肉体は狩りに疲れ、その疲れがたまって、おとろえてしまい、ついには食を得ることができなくなる。

まことに、人間の生活など、簡単なものなのだ。

いまは、人間が、おのれの肉体の機能について考え直すべきときが来ている。

理屈をいうべき時代ではない。

わずか、百年か二百年の間に、知能にまかせて突き進んで来た人間の文明が、いまは、

「危機に瀕《ひん》している……」

ことに気づかねばならない。

ヨーロッパでもアメリカでも、人びとは、ようやく、このことに気がつきはじめたようだ。

日本も、遅れてはならぬ。

日本の家族も、遅れてはならぬ。

家族は、それぞれに、自分の〔巣〕の構造を単純化せねばならぬ。

何も、電化製品を捨ててしまえというのではない。

意識の上で、絶えず、このことをおもうだけでもよいのだ。

私の一日

七年ほど前までの私は、一年の予定、一か月の予定、一日の予定なぞというものを考えずに暮して行けたものであった。

忙しければ忙しいように、暇ならば暇のように、自分の気持も躰《からだ》も、それに順応して、いくらでもついて行けたのである。

かなり、酒をのんで、夜から朝にかけての仕事ができたし、徹夜も平気であったが、いまは、酒も日暮れ以後にのむと仕事ができなくなってしまったし、一夜ねむれぬときの翌日は、疲れがひどくて、どうにもならぬ。

人間、五十を越えると、先《ま》ず、睡眠である。

いくら御馳走《ごちそう》を食べようとも、ねむれなくては身がもたなくなってしまうし、ねむれぬときは物が食べられなくなってきた。

このため、いまの私の一日は、つまるところ、一日の終りの眠りを主体にして組み立てられているようだ。

G通信社が年の暮れにくれる大判の日程表を三つ用意しているのは、三か月のスケジュールを一目で見られるようにするためだ。

数年前から、私は二つの月刊誌に小説を連載しているのだが、二つとも、主人公は同じであっても、毎月毎月が独立した短篇になってい、それでいて連載小説のかたちを成していなければならぬ。

自分の仕事のことを、事さらにいうのはいやなことだが、この二つの仕事には、まったく骨が折れる感じが、このごろはしてきた。

先ず、その、

「骨が折れた。苦労して書いた……」

という感じを読者にあたえてはならぬ、ということに苦心をする。

それがためには、どの仕事にも余裕《ゆとり》をもって取りかからねばならない。

余裕とは〔時間〕である。

私の場合、二つの連作小説で、約半月の日数を看《み》ておかねばならない。

むろん、その他の仕事も重複してやるけれども、基本としては、一日十枚のつもりでいなくてはならぬ。

それでないと、どうしても気持に余裕が生まれてこない。

それならば、お前は、一日に何時間、仕事をしているのかと問われれば、

「三時間」

と、私はこたえるだろう。

実際、机の前で、本当にペンをうごかしている時間は、それくらいなものだ。

だが、一年に三度ほど、突然、つぎからつぎへ書くことが浮かんできて、一日に、

七、八十枚の原稿を書くことがある。こういうときは、十何時間もペンをうごかしつづけていて、まったく疲れをおぼえない。

とにかく、これまでもそうだったが、どのように仕事がたてこんできても、二分の余裕を失わぬようにすることを、私はこころがけている。

目ざめるのは、朝の十一時ごろだろう。

ベッドにいて、冷めたいカルピスをコップ一杯のむ。

これで胃腸を目ざめさせるのだ。

それから、新聞を持ち、便所へ入る。

西洋式の便器だから、ゆっくりとしていられる。先ず三十分はかかるだろう。用をすませ、顔を洗って出て来て、梅干一個を食べ、茶をのむ。

それから階下へ行き、第一食を食べる。

味噌汁《みそしる》に香の物、それに何か一品つけて、御飯は一膳《いちぜん》しか食べない。

食事を終ってから、ヒゲを剃《そ》る。ヒゲを剃ってから、またしても便所へ入る。

そして、近所へ散歩に出る。

このときが、たいせつだ。

一日の仕事の段取りが、この散歩の中で決まる。決まらぬ日の仕事は非常に苦しい。

(今日はA誌の小説を書こうか、B誌にするか……それとも、新聞の連載をやろうか……?)

考えながら歩いているわけなのだが、考えているという意識はない。

このように、一日の仕事を、どれにしようかと選ぶことができるためにも、時間の余裕をもっていなくてはならない。どの仕事も一度に締切りが来てしまったのでは、気分が乗らぬのをむり押しに書かねばならぬ。むろん、その出来はよくない。読者こそ、いい迷惑である。

散歩していて、何かの拍子に、パッと、今日いちにちの仕事の構想が浮かんでくる。どこをどうしてと、くわしく脳裡《のうり》に浮かんで来るのではない。かたちとしてではなく、感覚として、パッと浮かぶ。頭の中を一瞬通りすぎる幻影のようなものだ。

その幻影を、帰宅してから、頭の中で育てて行くのである。

来客があり、電話があり、またはベッドに寝転んでレコードを聴いている間にも、幻影がすこしずつ、かたちとなってととのえられてゆく。

そのときはわからぬが、レコードを聴こうという気分になっているときは、かなり、調子がよい。

気分が乗って来ると、たてつづけに、古い、ベニイ・グッドマンのレコードなどをかけて、仕事をしている。こういうとき、音楽は頭に入っていない。ペンを休ませるときに、ふっと聞こえてくるだけだが、こうして、レコードを聴きながら、日中に原稿用紙へ向っているときなどは、仕事の調子が最高に出ているのであろう。

そして、夕飯のときまでに、たとえ五枚でも書けていたら、もう、いうことはない。

五枚書いてあるということは、つぎの五枚、十枚の内容がかたちとしてではなく、感覚的に、頭へ浮かんでいることなのだ。

そうなれば、夜ふけに机へ向うときも、面倒ではない。

ところが、いつまでもぐずぐずと、夜がふけても、寝転んでテレビを見たり、雑誌を見たりしているときの重苦しい気分は、たとえようもないのだ。

私どもの仕事は、毎日、ちがったことをしなくてはならぬ。今日は戦国時代を背景にした小説を書き、明日は、江戸末期の市井を背景にしたものを書くというわけで、何よりも、気分の転換がうまくおこなわれないと、どうにもならない。

そういうときには、むしろ、外へ出て好きな映画を観る気持にもなれないのである。

無意識のうちに、着ている物を取り替えたりしている。

私は、一日中、家にいて、この仕事をするようになってから、家庭の女が日に何度も着ているものを替える気持がわかってきたようにおもう。

女たちは、化粧をし、髪のかたちを変え、着物を替えたりしながら、単調な一日の労働の気分を、無意識のうちに転換しようとしているのであろう。

今日の夜ふけから、翌日の未明にかけての仕事のことを、朝、目ざめたときから、胸の内に、

「おもいつめていること……」

が、私にとってはたいせつなことだ。

ストーリイをああしようとか、こんなふうに書いてやろうとか、そうしたことではなく、絶えず、おもいつめている。私の小説は一日一日が勝負で、たとえば今夜、小説の中で仕掛人・藤枝梅安が、強敵をどのような手法で仕とめるかというのは、その場面まで書きすすんでみないと、わからぬことなのだ。

はじめから、それを考えていたのでは不自然になってしまう。そのことのために、うまく辻褄《つじつま》を合せて書きすすめるようなことになりかねない。

敵を仕とめるのは、私ではない。

藤枝梅安が仕とめるのであるから、梅安の思慮と行動にまかせなくてはならない。

そうしたときには、自分でも、

(いったい、どうなるのか？　うまく書き終えることができるのだろうか？)

と、不安でならない。

ただもう、おもいつめて、自分が、そのときの梅安になりきることができれば、自《おの》ずと敵を仕とめる手法も浮かび出て来るのだ。

おもいつめて、気が昂《たか》ぶって、ねむれぬときも月に何度かはあるが、そうして、すこしずつ、前途がひらけて行くときのうれしさこそ、この仕事の醍醐味《だいごみ》だともいえよう。

その、おもいつめる時間によって、私の一日の大半は費やされるといってよい。机に向って書くことは、そのしめくくりのようなもので、苦労は書かぬときの半分にもなるまい。

おもいつめる時間がほしいために、私は、自分の仕事を三か月から半年ほどかけて調整している。

たとえば……。

私は、今年の九月と十一月に、東京の明治座で新作を上演することになっているのだが、明治座側にいわせれば、

「こんなに早くから、なぜ、急《せ》かすのか……」

と、おもうほどに、上から下まで何十人もの出演俳優の顔ぶれの決定を、早く知らせてくれとたのんでいる。

そして、九月と十一月の芝居の場割は、もう出来てしまっているのだ。

このくらいにしておいて、折にふれ、おもいつめている。そして、気分が乗れば、一場でも一幕でも書く。九月の芝居よりも先に、十一月の脚本が出来あがってしまうかも知れない。

小説の場合、締切りの半月前に出来あがることもめずらしくない。しかし、すぐには渡さない。折にふれて机の上へ出して見て、推敲《すいこう》し、手を入れる。

いま、この稿を書いている時点で、私の机の上には、A誌七十枚の小説が十枚書け

自宅の書斎で。小説の展開をあれこれ思いつめることで
一日の大半が費やされたあと、執筆が始められる。

ている。B誌七十枚が七枚書けてい、C誌四十枚が十二枚、週刊誌が二週間分書けている。

さらに、九月の芝居の第一場が書けている。

いずれも完成してはいないが、このようにして、分散的に仕事をすすめ、その日の気分によって書きすすめ、そのまま、気分が乗って行けば、一気に仕上げてしまうのである。

以前は、月に一度、七日も十日も気ままな旅をすることができたが、さすがに、いまは出られない。

そうなると、私の外出は、映画の試写会を中心におこなわれる。

映画を観ることが、何よりのたのしみだけれども、その前後に、街を歩いて買物をしたりするのが、知らず知らず気ばらしになっているのであろう。

夜食のための買物をするときも、こうしたときだ。

浅草へ出て、好きな蕎麦《そば》屋で酒をのむのも、日暮れ前のことである。

ときには、葛飾《かつしか》の町にまで出かけて行って、物めずらしげにきょろきょろと歩き、うまくて安い鮨《すし》屋を見つけたりする。

いずれにしても、夜に入れば帰宅する。

毎日、かならず仕事をしなくてはならないのだから、見っともないはなしだが、日中から酒をのみ、赤い顔をしているのが近ごろの私なのだ。

帰って、ベッドへ入る。

外出せぬときは、夕飯のときにのむ酒二合、あるいはウイスキーのオン・ザ・ロック三杯ほどで、食後にベッドへ入る。

このときは、いつ、いかなるときでも絶対に熟睡できる。

このときの、約二時間の熟睡が、医者にいわせると、

「非常によい」

のだそうである。

前夜、ねむれなかったときも、このときの睡眠で取り返してしまう。

九時ごろ、起きて、仕事の準備にかかる。

ぼんやりとレコードを聴きながら考えていることもあれば、書庫へ入って調べものをするときもある。

そして十一時前後に入浴し、それから夜食を食べる。

これからが、私の躰《からだ》がもっとも快調になるときで、冷製のタンやポテト・サラダやパンで、ビールの小びん一本とか、チャーシューメンとか、炒飯《チャーハン》とか、蕎麦などを食べるが、それから約一時間ほどは仕事をしない。

十二時ごろから、いよいよ書きはじめて、午前三時に終る。

終ってから、ウイスキーをのむ。

このときも、何か軽いものを食べるが、ちかごろは缶詰の果物にしている。

のみながら、ベッドへ寝そべり、文楽《ぶんらく》や円生《えんしょう》のレコードを一時間ほど聴くこともあり、読書することもある。

空が白みはじめてから、ねむる。

たいてい、ぐっすりとねむるが、ねむれないときは、その日の仕事が、どこかいけないのだ。

そういうときは翌日、昼間から前日の仕事の手直しをしなければならない。

老母や家人が起き出し、戸を開けたり、掃除をしたりする音が耳について、なおさら、ねむれなくなり、

「うるさい」

と、叫ぶこともあるが、それは三か月に一度ぐらいなものであろう。

こうした、余所目《よそめ》には単調な毎日をつづけている私だが、今年のように、むかしの私にもどって芝居の仕事が多くなると、芝居と小説との間を行ったり来たりするための調整に骨が折れる。

脚本を書いて、他の演出家にまかせてしまうのならよいのだが、これまでの経験では、私の場合、うまく行ったためしがない。

そこで、演出もすることになるのだが、演出の仕事は一種の〔現場監督〕のような

もので、何十人ものスタッフや俳優をひきいて、舞台をまとめるについては、いろいろに神経もつかうのである。

全員の気持を、先ず、芝居に乗せて行かねばならぬ。

それには、たとえ、舞台を下手から上手へ通りぬけるセリフ無しの役者にも、

「やり甲斐がある」

と、おもわせ、熱中させるだけの肉づけをしてやらねばならぬ。

そして、彼らのすべてが乗ってくれれば、主役も傍役も乗って来て、引き立つのである。

つぎには、全員が気をそろえて、仲よく舞台をつとめるような雰囲気をつくらねばならない。

これは、スタッフや配役を決めるときの段階で、しっかりかためておかねばならぬ。稽古《けいこ》に入ってからは、自分も出て行って、うまくはないが演技をして見せることもある。

演出者は、たとえ下手でも、自分で演じて見せられなくてはいけない。これが、私の持論である。俳優たちは、こちらが、たとえ下手でも、

(ははあ……こういうものか)

と、す早く、感じとってくれるものだからである。

椅子《いす》にふんぞり返って威張っているだけでは、俳優は納得せぬ。

納得したように見えても、肚《はら》の中では、俳優は納まらぬものなのだ。私は、殺陣《たて》まで手直しをして見せる。

こういうわけで、稽古中には躰も、かなりつかうことになるから、帰宅して、とても疲れる。ところが、疲れてもねむれないし、小説の仕事にもかかれぬときがある。

それは、やはり、芝居の仕事というものが私を興奮させているからなのだろう。

それは、あらかじめわかっているから、それなりに前もって、小説の仕事を調整しておかねばならない。

脚本は、できるだけ早く、俳優たちへわたさねばならぬ。

近ごろのように、稽古期間がなく、寄せあつめの俳優たちに演じさせるのだから、一日でも早く、彼らにわたして読ませておいたほうがよい。

むろん、彼らは安心をするし、それは私にとっても、稽古がスムーズにすすむことなのだから、よい結果を生むことになる。

稽古から初日を開けるまでの数日は、食べるものも倍に増える。それだけ躰をつかっているからなのであろう。

これは小説のように孤独な仕事ではなく、何十人もの人びとと共にする仕事なのだから、私にも、為になることが少くないのだ。

ひとりひとり、それぞれちがう個性のもちぬしに稽古をつけ、スタッフを一丸にし、協力してもらわねばならぬ。

そのためには、種々の技巧を要するわけだが、あくまでも、演出者としての誠意をつらぬいて行かねばならぬ。

だから、芝居の仕事を一つ終えたとき、確実に、私は新しい何ものかを得ることになる。

ゆえに、面倒なこの仕事を、まだ、捨て切れないのかも知れない。

旅

七、八年前までは、月に一度、行先も決めずに一週間ほどの旅に出たものだが、近年は、以前のように躰《からだ》も利かなくなり、むりに仕事を重ねて疲労した上で、旅へ出てもつまらないとおもうようになった。

旅へ出ては一枚も書けぬ私なのである。別に我家の居心地《いごこち》がよいというのではない。時代小説を書いている者は例外があるにしても、やはり、書庫の傍で仕事をしていないと落ちつかぬためか、旅先での仕事をあまりしないようである。

私の時代小説などは、くわしく歴史を調べるわけでもないのだが、それでも書庫をはなれると不安だ。それならば必要な資料を持って行けばよいのだろうが、重い書物を、たとえトランク一つに入れただけでも、それを持って旅へ出るくらいなら、行かぬほうがましだと考えてしまう。


むかしは、羽田の空港へ行き、見送りの家人に、たとえば、

「お前が、いいとおもうところのキップを買って来い」

と、いいつけ、東京以外の地理にはまったく無知な家人が、行きあたりばったりに買って来たキップで旅立ったりしたものだ。

「岡山行のヒコーキが空《す》いていましたよ」

と、買って来たキップを持ち、岡山空港へ下りる。下りてから行先を考え、赤穂《あこう》へ行き、城下町をぶらつき、御崎《みさき》の小さな宿屋へ泊り、翌日は、小舟を雇って播磨灘《はりまなだ》を室津《むろつ》へ入るというような旅を何度もした。

室津は往古から栄えた港町だ。お夏清十郎の伝説で知られている。むかしは摂播五泊の随一と称されたほどの繁栄をしめした港で、中国・四国・九州の大名たちは、江戸や京坂への往復に、かならず室津へ船を寄せたという。

そのころの繁栄ぶりをしめす古びた土蔵や家並が廃墟《はいきょ》のようにしずまり返ってい、私が行ったころ、町には一軒の食堂も、そば屋もなかったものだ。

晴れわたった初冬の播磨灘を、老船頭と二人で、冷酒をのみながら、のんびりと船をすすめて行く気分は何ともいえないものであった。

こうした旅をするためには、当然、観光シーズンを避けねばならない。だから、私の旅は、いつも、初冬か早春。または夏の終りごろということになってしまう。

今年の初夏は、帝国劇場へ長い芝居を書き、稽古も長く、小説の仕事と並行して、(うまく、乗り切れるだろうか……?)

と、はなはだ、こころもとなくおもっていたが、どうにか目鼻がつき、そこに、ひょいと二日の暇が浮いた。

(このとき……)

とばかり、梅雨の最中《さなか》の或《あ》る日、私は、ぶらりと新幹線へ乗った。

今度は、はじめから行先は京都と決めておいた。

なぜなら、まだ一度も泊ったことがなく、かねてから、ぜひ泊ってみたいとおもっていた旅館・俵屋《たわらや》へ予約をしておいたからだ。

俵屋は創業三百年の歴史をもっている。

当主は十一代目だが、五代目の俵屋主人・岡崎和助は彦根《ひこね》藩とも深い関係があったとかで明治維新前夜の動乱期には、彦根藩主であり、幕府大老に任じていた井伊直弼《いいなおすけ》の懐ろ刀といわれた長野主膳《ながのしゅぜん》が、この俵屋へ滞留し、大老のために暗躍していたという。

その長野主膳が、竹の駒寄せのある俵屋の表構えに立っているような気がする。

ほの暗い玄関の土間へ、すいとあらわれて来るようにおもえる。

奥まった新館は別として、俵屋の旧館の上方建築は、島原遊廓《ゆうかく》にいまも残る角屋《すみや》の結構を私におもい起させた。

それほどに、みごとなものだ。

私は、新館へ入った。

和洋折衷の三間つづきの部屋で、湯殿の浴槽は槇《まき》で造ってあるそうな。

この旅館の評判は、あまりにも高い。

私が、あらためて書くまでもあるまい。

夕食は、一品ずつ、熱いものは熱いように、冷めたいものは冷めたいようにと、こ

京都の「俵屋」で。創業三百年の歴史を持つ宿で、幕末動乱期、井伊直弼の懐ろ刀長野主膳も滞留した。

ころを配って運ばれて来る。

いまどき、このような手間をかけて客をもてなす旅館は、めったにあるまい。しかし、京都には、この俵屋ばかりでなく、そうした心構えで、あまり儲《もう》からぬ営業を懸命につづけている旅館や店舗がいささかは残っている。

夕食はうまかった。このようなこころづかいをして出す料理が、

「まずいはずはない」

のである。

雨が、ひとしきり烈しく降ったのち、熄《や》みかけたので、私は同行の人たちと宿を出て、河原町を散歩し、これも京都の古い酒場〔サンボア〕へ寄って、バーボンのウイスキーをのんだ。

俵屋へ帰ると、寝床がとってある。

さあ、そこで、私は安心をするのだ。

私は小さいときから妙に癇症《かんしょう》で、銭湯へ行っても、子供のくせに何杯も上り湯を躰にかけなくてはおさまらぬようなところがあり、それは軍隊生活をしたので大分に直ったけれども、やはり寝具などは清潔でないと困るのだ。

いまどき、大きな旅館、高級旅館などといわれる宿屋へ泊っても、敷布は洗いたてのを用いるが、掛蒲団《かけぶとん》のカバーはめったに替えない。先客が使用したものを、そのまま出すところが多い。

料理の一品二品を減らしても、私は掛蒲団のカバーを替えてもらいたいとおもう。実に、気味がわるい。

そういうことで、このごろの私は、なるべく日本風の旅館を避け、ホテル泊りにすることが多いのだ。

俵屋では、むろん、そうしたことがないとおもい、はじめから安心をしていたのだが、果して期待は裏切られなかった。

清潔な寝具に身を横たえ、ぐっすりねむれるかとおもうとそうではない。これは、どこへ泊ってもそうなのだ。旅行の第一日は、ねむる時間が狂ってしまう。いつも仕事に熱中している最中に、ねむらなければならないのだから、いくら疲れていても、躰が、

「ねむらせてくれない……」

のである。

二日目からは、ねむれるようになる。

いつものことなので、ぼんやりと暗い天井を見あげていて、明け方に、ようやくねむった。清潔をきわめた寝具に寝ているので、ねむれなくとも、気分はゆったりとしている。

こころみに、

〔旅行〕

という言葉を、手もとの辞書でひいて見ると、

「徒歩または交通機関を用いて、他の地方へ行くこと」

と、ある。

他の地方へ行くということは、毎日の自分の生活がいとなまれている場所から離れることだ。

したがって、そこには、たとえ二日の旅であっても初対面の人びととの接触が生まれることになる。

それこそ、旅の醍醐味《だいごみ》であろう。

相手は、こちらの職業も知らず、名も知らぬ。

相手が駅員なり、商店主なり、宿の女中さんなりとわかっていても、その相手はこちらをまったく知らぬ。

そうしたとき、相手が自分に対して、どのような反応をしめすかということで、私どもは自分自身を知ることになるのだ。

自分の顔は、毎朝、洗面のときの鏡で見ることはあっても、自分が、どのような人間であるかということは、実に、わかりにくいものである。

それが、旅へ出ると、すこしはわかってくる。

たとえば……。

他国の町で道を尋《き》く自分へ、こたえてくれる相手の態度や言葉づかい、口調などによって、自分という人間が相手に、どのような印象をあたえているかが、すこしはわかる。

とにかく、相手は、こちらをまったく知らない、友人でもなければ、商売上の知人でもないのである。

それだけに相手は、嘘いつわりのない態度をしめしてくれる。

そうした意味で、ぜひ、外国へも行ってみたいのだが、まだ、機会を得ない。

むりをして行くなら、行けぬこともないのだが、長い旅行の前後の仕事のことを考えると、もう面倒になってしまう。

五十歳を越えると、

「あれも、これも……」

と、やりたいこと、したいことの大半をあきらめねばならぬ。

そのうちの一つか二つをえらんで、自分の生活と仕事の中へ溶けこませるだけで、精いっぱいになってしまう。

昭和二十年に、あの戦争が終ってから三十年もの歳月がすぎ去ってしまった。

そして私は、これからの三十年を生き通すことがむずかしい年齢になっているのだから、

「もう、先は短い」

のである。

だから、もう、すべてに欲張らぬことにしている。


俵屋の一室で目ざめると、雨が降っていた。

もし、雨が熄んでいたら、久しぶりで六甲山をドライブして神戸《こうべ》へ下ろうとおもっていた。

そして〔ハナワグリル〕か〔ハイウエイ〕で、おそい昼飯を食べ、買物でもして、新幹線で帰京するつもりだったが、このように降ってはその気も挫《くじ》けてしまった。

それならそれで、また、いくらでも時間をつぶす手はある。京都ならば雨の中で見たい風景に困ることはない。

すると、たのんでおいた個人タクシーの運転手・安井さんが、

「いかがです、雲ケ畑の志明院《しみょういん》へ行って見ませんか？」

と、いった。

私は、すぐに、そうしてもらうことにきめた。

これまでに、おそらく百回以上も京都へ来ている私だが、雲ケ畑へは、まだ一度も行っていない。

雲ヶ畑は、賀茂《かも》川に沿って北へさかのぼること三里。賀茂川の上流である雲ヶ畑川の渓谷にのぞむ幽邃《ゆうすい》の村落だ。

むかし、この村の奥の岩屋山に薬王菩薩《ぼさつ》があらわれ、衆生の病苦を救わんとして、山に薬草を植えたところ、花は四季それぞれに咲き、その香りは四方《よも》にただよい、山上は、あたかも紫雲たな引くように見えたから、これに因《ちな》んで、このあたりを「雲ヶ畑」とよんだ……と『山州名跡志』にのべてある。

雲ヶ畑は、古いむかしから林業がさかんであって、平安京造営の折には、この地の材木が切り出されたそうな。そうしたこともあって雲ヶ畑は、明治維新までは皇室の御料地だったのである。

雨がけむる山道を深く入って行くにつれて、山林が迫《せま》って来る。

「このあたりは、石楠花《しゃくなげ》がすばらしいんです」

と、慎重な運転をつづけながら、安井さんがいう。

この、安井さんという人は、個人タクシーの運転手として有名な人だ。京都内外の地理と歴史に通じていて、さまざまな客が安井さんの世話になる。

私は、はじめてであったが、二人の同行者は安井さんと顔なじみだ。

ところで、雲ヶ畑の奥に岩屋山といって、海抜六百四十九メートルの岩山がある。

その山裾というより、むしろ中腹の、鬱蒼《うっそう》たる杉や檜《ひのき》の山林の中に、金光峯寺《こんごうぶじ》・志明院がある。

不動明王を祀《まつ》ってあるので、岩屋不動ともよばれている。平安朝のころ、密教の修験者たちが創立したものらしい。

本堂を拝し、飛竜の滝を見てから、本坊の奥の間で休ませてもらった。

山肌の木立や茂みが、そのまま庭になってい、大きな池には鯉が泳いでいた。

雨に洗われた樹々や草のあざやかさは、また、格別のものだ。

安井さんは、

「こんなところで、お仕事をされたら、はかどりましょう」

というが、私は、どうも静かなところが却《かえ》っていけない。

根っからの町育ちの所為《せい》であろう。

我家の書斎も、扉は開け放しにしてあるし、戸外に遊ぶ子供たちの声も、あまり気にならないほうだ。

雨音も、このように山奥ふかいところで聴くと、町に降る雨音とはまったくちがう。

雨の音というよりも、山の声になって、私どもを押し包んでくるかのようである。

時間が、ゆっくりと過ぎて行くのを、はっきりとたしかめられるのも、こうしたときだ。

私は、ねむくなってきたので、志明院を辞去することにした。

志明院の仔犬にキャンディをやると、たちまちに嚙《か》みくだいてしまった。三年前に死んだ我家の犬・クマが幼かったころにそっくりの仔犬だ。

帰途も、われわれが乗った車以外の車には一度も出合わなかった。

このあたりは、まだ観光ブームの垢《あか》がついていないという。

安井さんは、洛北《らくほく》の木野《きの》にある〔松乃　鰻寮《まんりょう》〕へ、私たちを連れて行った。

この店の本店は、四条の南座のそばにあって、十何年も前に開店したころ、私も数度出かけた。

女主人が懸命にはげんで、よい評判をとっている店だ。

鰻《うなぎ》は東京ふうに焼いて、なかなかうまいが、ここで出す生野菜がよい。キュウリやニンジン、セロリなどを糸のように切って鉢に盛り、これを胡麻《ごま》の垂《た》れにつけて食べる。

その〔松乃〕が、宴会用の別館として郊外の木野にひらいたのが、この店なのだ。

まぎれもない本格の、民家ふうの見事な建築である。

鰻は、少量にしておいた。

まだ、後で食べるものがあるかも知れないからだ。

それから私たちは市中へもどり、五条坂の西にある河井《かわい》寛次《かんじ》郎《ろう》記念館へ立ち寄った。

京都駅へ着いたのは四時ごろであったろう。

七時ごろのキップを買ってから、また、私たちはタクシーで三条河原町へ引き返した。

木屋《きや》町の〔松鮨《まつずし》〕へ寄って、この旅の最後の酒をのむことにしたのだ。

松鮨のあるじは、このごろ、いよいよ元気になった。

末の娘さんの結婚が決まって、これからは老夫婦が、

「仲よく……」

はたらくのだそうな。

この店の、すばらしい魚介と、あるじの冴《さ》え切った腕がにぎる鮨に、

「もう、食べられないとおもったのに、入ってしまいました」

と、同行者がいった。

私たちが乗った〔ひかり〕が京都駅をはなれたとたんに、私は、もう、ねむりこけていた。

「いま、どこ?」

同行者に尋くと、

「横浜を過ぎたところです」

と、こたえてよこした。

京都から東京まで「ひとねむり」なのである。

これが現代の旅だ。

帰宅し、入浴し、松鮨のあるじがこしらえてくれた〔ちらし〕を少し食べてから、
私は机に向い、書きかけの小説のつづきにとりかかった。

「……江戸から京都までは百二十五里二十丁。鍛《きた》えぬかれた秋山大治郎の足ならば、

十日はかかるまい」

と、私は書き、書きながら、おもわず苦笑をもらした。

母

人の一生というものは、まだ物心がつかぬうちの、生まれてから三、四歳ごろまでの生活環境によって、ほとんど決定づけられてしまうそうな。

その物心つかぬうちはさておき、私の記憶の中で、もっとも古い母をおもい起してみると、たとえば、埼玉県・浦和の田園風景の中で、私を背負って歩く母の背中の体温とか、クレヨンで画用紙に動物や人形の画を描き、これを私のために切りぬいて紙人形のようなものをこしらえている姿だとか、朝露にぬれた庭の菜園でトマトや茄子《なす》の実を截《き》り落している横顔だとか……。

さらに一転して劇場の椅子で私を抱きながら歌舞伎を見ている姿や、手に抱えきれぬほどの絵本をみやげに買って来て、私の前へひろげて見せているときの、母の顔に光っている眼鏡の玉だとか、およそ、そんなものである。

そうした、どこの家庭の子供の記憶にも残っている平凡な母との生活が、まぎれもなく現在の私へむすびついていることを、このごろ、つくづくとおもい知らされている。

それは小説を、しかも時代小説を書いている私の現在の職業にも、ぬきさしならぬ連係をもっているようだ。

母にしても、そのころが、もっとも平穏な暮しを送っていたことになるのであろう。

関東大震災で、浅草聖天町の家を焼きはらわれた父母は、私をつれて、当時は、まったくの田舎だった浦和へ住み、そこから父は汽車で、東京の店《たな》へ通っていた。

父は、少年のころから、日本橋・小網《こあみ》町の綿糸問屋〔小出商店〕でつとめあげた通い番頭で、母と結婚した当時の月給は六十五円だったというが、そこは派手な商売だったから、月給は、ほとんど手をつけずに母へわたし、自分が毎夜、浴びるように飲む酒は、ほとんど綿糸相場をやって入る金でまかなえた。

父の酒は乱れるというのではなく、飲んで飲んで、うごけなくなると二日も三日も打ち通して眠りこけるのだ。

私が生まれたのは大雪の日で、折しも父は、酒のあとの眠りをむさぼっている最中であって、

「男のお子さんが生まれましたよ」

と、産婆が大声をあげて、二階へ駆けあがると、父は蒲団《ふとん》へもぐりこんだまま、

「寒いから、明日、見に行きます」

と、いったそうだ。

父の店が倒産し、東京へもどり、下谷根岸で〔ビリヤード〕を父がはじめたころから、私の記憶も、いくらかは鮮明になってくる。

こうなってからの父は、もう、いけなかった。

父は、東京でも名の通った宮大工の棟梁《とうりょう》の長男に生まれ、池波家の、たった一人の男の子というので、両親がなめまわすようにして可愛がり、小出商店へ入ってからは、とんとん拍子に番頭となって、金まわりも羽振りもよくなり、一度も蹉跌《さてつ》をしていない。

だから、たとえ玉突き屋でも、辛抱して、これを経営して行こうという根気がなく、すこしでも、おもしろくないことがあれば酒に溺《おぼ》れた。

そのころの母といえば、丸髷《まるまげ》に結ってゲーム取りをしたり、客の相手をして玉を突いたりしている姿が、先ず、思い浮かぶ。

つぎに、ある夜。ふと、目ざめると、父が何やら怒鳴っていて、

「子供が起きるじゃありませんか」

と、父をたしなめている母の声を、いまも、ありありとおもい出すことができる。

そのうちに、父が激昂《げっこう》した。

母が、ひどく撲《なぐ》りつけられ、

「助けてえ」

と、叫び、外へ逃げた。

これで、父と母は離婚してしまったのである。

こう書きのべてくると、一方的に、父が悪いようだが、母も人一倍に気が強く、そこは、あきらめのよすぎる東京の女だから、どこまでも辛抱をして、父を更生させよ

うなぞというやさしさはあまりなかったようだ。苦労をするのが嫌だというのではない。自分のためにする苦労なら、いくらでもする。ぐうたら亭主に愛想《あいそ》をつかしてしまったら、一時《いっとき》の辛抱もしたくないというわけだ。

父と別れたのち、母は再婚し、弟を生み、またしても離婚して、実家へ帰って来た。母の実家は、浅草永住町にあり、錺職《かざりしょく》の祖父と祖母に私は育てられていたわけだが、そこへ、母が、満一歳の弟を抱いて帰って来たので、

「それは、どこの子?」

と、私がいったら、

「お前の弟だよ」

事もなげに、こたえた。

こうして、私は父方の姓をつぎ、弟は母の姓をついだ。

母は、それからのち、現在にいたるまで、私にも、また他人にも、父の悪口をいったことはない。父の性《さが》の善良なことを、母もよく、わきまえているからであろう。

二度も離婚をして、二人の子を生んで、実家へ帰って、父(私の祖父)が亡くなって……それからが、母の血相ただならぬものとなる。

私と弟、それに祖母と曾祖母《そうそぼ》の四人を女手ひとつで養うことになったからだが、し

かし、それも本望であったろう。もともと母は、実家への念を断ち切り難く池波家へ嫁いでからも、絶えず仕送りをしたり、物を運んでやったりしていた。長女というものは、そういうものらしい。くわしくは聞かぬが、そうした母の仕様が破婚の原因の一つになっていたのではあるまいか……。

とにかく、私が小学校三年生のころになると、母は殺気立ってはたらいていたものだ。

いろいろ仕事をしたが、その中で、日比谷の大阪商船ビルの地下にあった〔萩や〕というレストランの下働きをしていた母が、のちに株式仲買店へ小僧に入った私のために、茅場《かやば》町の店へ挨拶にあらわれたとき、萩やのネームの入った番傘《ばんがさ》をさしてあらわれたのを、私はおぼえている。

女持ちの傘を買う余裕がなかったのだ。

では、いかに、ひどい貧乏だったかというと……それはたしかに貧乏ではあったけれども、私と弟は、いつも、腹いっぱい食べていたのである。

近ごろ、老母が箪笥《たんす》の底を掻《か》きまわして、

「こんなものが出て来たよ」

と、私の小学校の通信簿〔成績表〕を、書斎にいる私のところへ持って来た。

見ると、栄養が〔甲〕になっている。

これには、つくづく、ありがたいとおもった。

そのときに、母が、こんなことをいった。

「あのころは、貧乏もひどかったけれど、私は十日に一ぺんは、御徒町の金鮨へ行くのがたのしみだった」

「冗談じゃあねえ。おれは一度も連れて行ってもらわなかった」

「お前たちにまで、食べさせるゆとりはなかった」

つまり、身を粉にしてはたらいているのだから、十日に一ぺんほどは、大好きな鮨でもつままなくては、

「生きている甲斐《かい》がない」

と、いうのであろう。

こういうところに、母らしい性格がよくあらわれている。

わが子を連れて行かないのだから、もちろん、祖母や曾祖母も連れて行かぬ。

自分だけのたのしみなのだ。

自分だけのたのしみなくして、なんではたらけよう、と、いうわけだ。

もっとも、母は自分の口から、そうはいわぬ。

「私は、すこしも苦労なぞ、して来なかった。昼間はたらいて、夜なべに内職をするなんてことは一度もしたことがない。なまけるときは、うんとなまけた」

と、いう。或《あ》る意味で、当人としては事実をいっているつもりなのかも知れぬ。

しかし、かえり見ると、そのころの母は気が立っていた。

私は、いつも撲りつけられ、ののしられた。もっとも、私だけではない。祖母にしても、母の毒口にはたまりかねていて、いつだったか、さすがにたまりかねた私（小学校五年生のころ）が、母に組みつき、これを表の道へ放り投げたことがある。それを見ていた祖母が、さも小気味よげに、

「もっとやれ、もっとやれ」

と、私をけしかけたことを、いまだにおぼえている。

「豆腐の角へ頭を打《ぶ》つけて死んでしまえ」

とか、「大川（隅田川）には蓋《ふた》がしてないんだから、たのむから、行って飛びこんでおくれ」とか、それほどの毒口は、まだよいほうであった。いきおい、子供ながら私も、これに対抗する。いまもって私の口が悪いのは、この所為《せい》なのかも知れない。

いま、これを母にいうと、

「そんなこと、するもんですか」

とぼけきってしまっている。年を老《と》ってから、母は、ずるくなり、とぼけるのがうまくなった。

母の従弟《いとこ》といっても、いまは六十をこえたNが、私に、

「ねえさんは、むすめのころ、じゃじゃ馬のお鈴と町内で評判をとったものだ」

というのをきき、あとで母は怒った。そんなはずはない。そんなことは、

「身におぼえのないことだ」

と、いい張り、従弟への怒りは、なかなかにさめなかったものだ。

とにかく、このときの、私の反抗もなかなかのものだったらしく、現在の老母が、もっとも恐れているのは私ひとりにちがいない。

いまでも私は、家人同様に母を叱りつけもするし、はたらかせもする。そうしたときの私の口のききようは、家人に対してのときと同じに、しごく悪い。

たとえば、

「いい年をして、電話一つまんぞくにきけねえとはどういうわけだ」

とか、

「女房を出すときは、あんたにも出て行ってもらう。女たちが悪いのは共同責任だ」

とか、おくめんもなしにいう。

これは家人に対しても同様であって、家人を打つときは、すかさず、母にもガラスのコップを投げつける。もちろん、手かげんはするが……。

他人が見たら、なんという息子だとおもうだろうが、これでないと、気の強い女たちを御しては行けなかった。

もっとも、現在は、このようなまねをしなくとも、女ふたりの生活も二十余年にわたるので、私は、もう、だまっていても事がすんで行くようになった。

子供のころの私は、まず、このように荒々しく、母に育てられた。もっとも母は、私や弟を「育てる」とか「育てた」とかいう感覚も持っていないらしい。私たちが勝手に育った、と、おもっている。

昭和初期のそのころ、三十前後の女だった母が無我夢中ではたらいていて、わが子をかまう暇とてなかったわけだが、そうした親にかわって私どもを育ててくれたのは、まぎれもなく小学校の教師《せんせい》たちであった。

義務教育にたずさわる小学校の教師たちが、全責任を負って生徒をあずかっていて、義務教育への母の支出は、まことに微細なものであったという。

それが、「当然の事」と、されていた時代であった。

東京の下町では、となり近所が助け合い、たがいの不足をおぎない合うことも当然だったもので、そうした環境に生きていたからこそ、母の細腕で一家をささえることもでき得た。不足だらけのエネルギーが、われわれの町に充満していたようにおもう。

母が、あれだけ荒々しく私をあつかいながら、私が読む小説本や芝居・映画を見物するための小遣いを惜しまなかったのは、母自身、そうしたものを、すべて、「好んだ……」からにすぎない。そこに特別な意識を何も持たないのである。

私の小学校の成績が、クラスで一番だときいても、母は、ほめもしなければ、うれしげな顔も見せなかった。また、勉強をなまけて成績が低下しても、これを叱らなかった。

これとても、母は意識してのことではない。

つまり、そんなことに、神経をつかっている暇がなかったのだ。

結果からいって、こうした母がいたことは、後年の私には、非常に〔よい薬〕となってくれた。

むかしの母は、喜怒哀楽のうち〔怒〕のみをあらわし、他の三つの感情を、ほとんどあらわさなかった。

ただ、私が何度も直木賞候補にあげられ、そのたびに落ちていたころ、一度だけ、家人に、

「あんな奴が書いたの、どこがいいのだ」

と、吐き捨てるようにいったことがあるそうだ。

あんな奴、とは、そのとき、直木賞を受賞した作品のことである。

むろん、母は、その作家の受賞作を読んだわけではない。まことにもって、けしからぬ暴言ではある。その作家に申しわけもないことだ。

だが、しかし、その母の言葉に、私は、はじめて、母の私に対する愛情の表現を看《み》たのである。

六度目に、私は直木賞を受賞した。

知らせの電話がかかってきて、私が出ているとき、家人が階下にいた母へ、受賞のことを知らせた。

そのとき、

「おや、まあ……」

といって、立ちあがった母の眼鏡が落ちた。それを母が踏みつけ、割ってしまったそうだ。かつてないことではある。

母が、私に対して、このような表現をしたのは、この二回のみだ。


母は、もう、七十をこえた。

そして五年ほど前から、すこしばかり、愛嬌《あいきよう》がにじみ出てきた。

これは、母が、すこしずつ、「子供に返りつつある……」からだろう。

私ども夫婦には、子がない。

しかし、母は、私を、「お父さん」と、よぶようになった。

これは、私が飼っている小動物に引きかけて、よんでいるつもりなのであろう。

現在の母は、近寄って来る死期を、母なりに見つめてい、死ぬまでに、見たいものを出来得るかぎり見たいの一事に生きている。

今年も、夏がすぎると、大阪の弟の家へ泊りがけで数日をすごしに行き、帰京するや、近所の主婦たちと山陰地方をまわり、ついで、伊豆箱根へ出かけようとしている。

出発の日の前夜、二階の書斎へ、怖《こ》わ怖《ご》わと、母があらわれる。

仕事をしている私に、「じゃあ、明日、行って来ます」と、いう。

これが、小学生が遠足に行くときの口調そのものだ。

「うむ」

と、振り向きもせずに、私は、うなずく。

「お父さんが、いそがしいのに、すみませんねえ」

という。

「食べすぎなさんなよ」

「でも、うんと食べて肥《ふと》っておけば、心臓が圧迫されて、死ぬとき、楽だからね」

と、こういうところに、むかしの毒口のおもかげが残っているのだ。

だから私も、

「それは、そうだ。長患いは、こっちもたまらねえからね」

「だからさ、うんと食べることにしているの」

「ああ、食べてくれ、食べてくれ」

「じゃあ、行って来ます」

「うむ……」

「気をつけて……」などとは、私も口が腐ってもいわないのだ。

私は、老母が、こうした行楽や、自家の交際《つきあい》のための費用に事欠くようなことは、決してさせない。これも当然のことだ。

だが、母は、大阪にいる弟と共に暮したかったのであろう。

「お父さんの世話になるつもりは、すこしもなかった……」

と、以前は、よくいったものだ。

十五年ほど前に、弟が交通事故で死にかけたとき、その弟のベッドの裾にすわりこみ、すっかり打ちひしがれていた母を、私は忘れ得ない。あのような母を見たのは、はじめてであった。

私は小学校を出て、すぐさま、株屋の店員となり、戦争に出て行くまでは、それこそ、分不相応な贅沢《ぜいたく》をいくらもして来ている。この点、亡父の若いころそのものといってよい。

だが、弟は、小学生のころから日本が戦争に突入してしまい、つづいて、三度も東京で焼け出された上、戦後の荒廃の中に青春をすごしたことを、長男の私にひきくらべて、「ふびんにおもっている……」らしく、弟のみは、実によく可愛がって来た。

弟もまた、母には甘えて、それがまた老母にはうれしいのだ。

弟も、いま、ようやくにすべてが安定して来て、老母へ息子らしいこともできるようになった。

これが十年前だったら、母は弟のもとへ行ったろう。

しかし、いまとなっては、私のもとにいる母も安定してしまった。

何が安定したかというと、私のことはさておき、家人との間が〔安定〕したのである。なればこそ、母は、私のもとで息を引きとるつもりになっているのであろう。

もっとも、いまの母は大変に丈夫だ。私のほうが先に行くかも知れぬ。

私の親しい人相・手相の鑑定家によると、私の躰《からだ》が丈夫なのは、母の体質を受けついでいるからだという。

「だから、そのつもりで、あなたも覚悟なさることです」と、いわれた。

この言葉を、そのままにつたえたとき、

「お父さんは、病気を一度もしなかった。これが何よりの親孝行だ」

めずらしく、老母は神妙な顔つきで、そういった。

この夏。

盆が来て、母は、浅草の父の墓へ出かけた。秋の山陰旅行へ行くときのために、家人がこしらえたスーツに身をかためて、

「富さん（私の父）も、私の洋装を見るのは、はじめてだろうよ」

と、いった。こういうところは、たしかに、むかしの母にくらべると、毒気がぬけてきたようだ。

ところで……。

母にならって、家人も、私のことを、「お父さん」と、よぶようになってしまった。

家人は、私よりも年上である。

こうなってくると、家人の〔夫〕というよりも、また母の〔息子〕というよりも、

いまの私は、この二人の女（老婆といったほうがよいのだろうが……）の父親のような気持になってしまい、その所為《せい》か、眉毛などは、真白になりかけている。

「それはビセツのロウソウだから、長生きをするよ」と、老母がいう。〔ビセツのロウソウ〕すなわち〔眉雪の老僧〕である。

池波さんのこと

「男のリズム」は、昭和四十九年十月号から一年間、月刊「現代」誌上に連載され、読者の熱烈な支持を受けた。

この時期の池波さんは、「藤枝梅安」「長谷川平蔵」「秋山大治郎」の三連作を軸に、週刊誌、新聞の連載小説、それに池波さんが心からの声援を送る新国劇のための書きおろし……等、ほとんど余人の想像をこえる忙しさの中にあった。（この忙しさは、残念ながらもちろんいまでもかわっていないのであるが……）

だからこの連載も、いささか強引にお願いするかたちとなってしまった。しかし、池波さんは心から楽しみ、全力をかたむけて、この連作エッセーを書いて下さった。本当にありがたく思っている。

ところで、その山のような仕事のなかで、池波さんはなんと、月に十数本の映画を観、数本の芝居を見物し、小旅行を楽しみ、例によってしゃれた小さなレストランをどこかに発見し、街の魚屋にそろそろ、何が出はじめたまでそらんじておられるのである。

池波さんとおつきあいさせていただいて、もう永いことになるが、編集者にとってこれほどありがたい作家はない。読者に人気があるとか、作品が充実しているとかは、自明の前提である。すなわち、池波さんは、締切日に原稿が遅れたということがただの一度もない。

だいたい編集者の言う締切日にはタテマエとホンネがある。だから作家は、編集者の口ぶりと顔つきから、〝ホンネの締切日〟を読みとってくる。編集者は、なるべく早く、原稿を〝奪《と》ろう〟とする。この締切をめぐる小説家と編集者の〝闘い〟こそが、編集者の仕事の枢要な部分を占めているのである。編集者はこの〝闘い〟に疲れ果てるのである。

ところが池波さんは、すべてご存知の上、編集者のいう締切日に原稿を書きあげておられる。

きれいな色刷りの封筒（色、形のちがういくつもの種類がある）に、それはきちっと、書きあがっているのである。

このことと、大いに関係があるかどうか、池波さんはたいへんな〝せっかち〟である。元旦に、その翌年の年賀状がすりあがっている、というのはもう有名な話だ。たとえば池波さんと取材旅行に出かけたとする。午前中の新幹線の中で、昼ご飯を何にするか。晩をどこで食べるか、それからお酒をどの店にするか、もうそれをお決めにならなければ気がすまない。だから、三、四回先までの仕事の打合せは済ませておかなければならない。

担当者は一見、たいへんにみえる。ところが実は、こんなに快適なことはないのである。

日頃の池波さんは陽気だ。表情もゆたかだし、よく笑われる。会うなり最初に聞かれることは、

「昨晩は何を食べたの」

か、あるいは、

「家庭サービスはこのごろ月に何度？」

そういってカラカラ笑う。

ほんのときおり、池波さんは、人を寄せつけない表情をされることがある。きびしいとか、けわしいとか、そういう表情ではない。他人をはっきり拒否する雰囲気……。これは池波さんの小説が持っている怖さ、と無縁ではないだろうと思う。しかし、それはほんの一瞬のことだ。

池波さんは自分に峻厳《しゅんげん》で、他人にやさしい人だ。そういう人間関係の中ですべての

発想を得る人だ。

このエッセーは、そういうバックボーンでつらぬかれている。

だから、ここで何かに怒る場合でも、決して声高でも居丈高でもない。大人の怒り方はこうなのだろう、と思う。こんなことを書くにつけ、池波さんに叱《しか》られてばかりいる自分は、なんと未熟なのだろうと絶望するのである。

村松　卓
（編集者）

一年間の楽しい仕事

池波さんにはちょっと恐いところがある。博識で頭の回転が早く、相手の反応が遅い時など、すっときびしい表情が顔をよぎる。

しかし普段は大変気さくな人で、特にお酒が入ると楽しい。身ぶり手ぶりもおかしく、実に話が上手で、芝居の世界の話など所作入りで声色入りで、時のたつのも忘れてしまう。

池波さんに初めてお会いしたのは数年前のことで、名古屋、京都と取材旅行という形で御一緒させていただいた。その後、何かの機会に池波さんが私と同じ下町の小学校の出身であることを知った。その私にとって、池波さんの話や随筆の中に出てくる人達の名前や、町の情景、映画の話など懐かしいものばかりだが、実によく憶《おぼ》えておいでで、その記憶力のよさにはいつもながら感心する。

今度の仕事では、「熊さん、好きなように撮って下さいよ」とすべてまかせて戴《いただ》いたので、大変やり易く、一年間、楽しい仕事をさせて戴いた。

熊切圭介
（写真家）

解説

電車の中で夢中になって漫画雑誌を読みふけっている若者をよく見る。ちょっぴりうらやましく、同時に、もったいないことを……と他人事ながら心配になる。

うらやましいと思うのは、時間が無限だと思い込んでいる彼らの若さである。持ち時間は有限であり、明日にも時間切れになるかも知れないということを、彼らはまったく考えもしない。それを考えたらとても漫画なんか読んでいられないと思うのだが。

もしも私がその青年の肩を叩いて、

「きみは明日死ぬかも知れないんだよ……」

と言ったら、彼はきょとんとして、このおじさんは一体何を言っているのか、少し頭がおかしいに違いないと思い、そのまま黙って漫画を読み続けるだろう。

しかし、今日が自分の人生の最後の一日ではないと、だれが言えるのか。むろん、だれにも言えはしない。逆に、ただ一つ確実にわかっていることは、

「死ぬ……」

ということである。

これほどはっきりわかっていることは他にないにもかかわらず、たいていの人間は

（若い人に限らず、結構いい年齢《とし》になっても）まるで自分だけは不老不死であるかのような生きかたをしている。

それも一つの生きかたには違いない。本当にいつ死ぬかわかってしまったら、これは恐ろしいだろう。気の弱い人間なら、たとえば私自身がそうだが、自分の死期を知っただけで狂ってしまうだろう。いつ死ぬかわからないのはありがたいことである。だが……。

ともかくも死ぬことだけは間違いない。しかも、やり直しはきかない。たった一回だけの自分の人生である。そう考え始めると、いろんなことが変わってくる。卑近な話が、食べるもの一つでもあだやおろそかにはできないという気になってくる。

ラーメンならラーメンでもいい。

（いま、これから食べる一杯のラーメンが、自分の最後の食事かも知れないぞ……）

そう思ったら、ただ腹がふくれるだけのまずいラーメンで我慢できるはずがない。どうせなら本当に満足できるラーメンを味わってから死にたいと思い、その味に、その器に、あるいは食べる場所に、目の色を変えることになる。

つまり、自分の死というものを意識した瞬間から、たちまち、生きるということに対する真剣さが違ってくるのである。毎日をそのように真剣に生きたら、「いざ本番」というときを迎えてもあまり悔いは残らないのではないか。少なくとも日々の充実度は相当高まるのではなかろうか。

私がこういうふうに考えるようになったのは、たかだか数年前からのことに過ぎない。それは「池波正太郎との出会い」以後である。ふとした機縁で、それまでハヤカワミステリのハードボイルド一辺倒だった男が「池波正太郎」と名のつくものはかたっぱしから読み漁《あさ》るようになった。

(時代小説というのは、こんなに面白いものだったのか……)

と、単純に面白さに惹《ひ》かれて読み継いで行った面もある。同時に、池波正太郎が描き出す人間像のさわやかさに魅了されたことも確かである。池波正太郎の小説は物凄《ものすご》く多彩で、一口に時代小説と言っても戦国武将物、幕末維新物などの歴史小説あり、仇討《あだうち》物あり、暗黒物あり、さらには江戸市井物、剣豪物、忍者物ありといった具合で、さながらアルプス連峰のごとき観がある。

それらに登場する主人公に共通しているのが他でもない、生きるということに対する真剣さなのだ。男であれ女であれ、大名であれ下級武士であれ、あるいは町人であれ、盗賊であってさえも、池波正太郎の筆から生まれてきた人物は、みんな実に生き生きとしている。ダルな人間はどこにもいない。

そういう主人公たちと親しくなるにつれ、

(何故、彼らはこれほど生きることに真剣なのだろうか……)

と、考えるようになった。そのうちにようやくわかった。彼らは等しく「死」と隣り合わせにいることを意識しながら、それゆえにこそ精一杯に血をたぎらせて生きている、ということである。

同じ一回こっきりの人生なら、やっぱり毎日を生き生きと暮らしたい。そのためには、つねに死というものを意識していなければならないのだな……と、自然に私は思うようになってきたのである。

ところが凡人のかなしさで、すぐにこの肝心なことを忘れそうになる。忘れそうになると書いたのでは嘘で、実はたいてい忘れている。そういうグータラな人間を思わずはっとさせてくれるのが、この〔男のリズム〕というエッセイ集である。座右の書とは、こういう本を言うのだろう。

〔男のリズム〕には、池波正太郎の人生哲学と人生技術（こんなことばがあるかどうかわからないが）が煮詰められて、ある。人生哲学の根本は、言うまでもなく、

「人間は死ぬ……」

という簡明な一事である。さまざまな小説のヒーローたちを通じて、長いことかかって私がやっと理解し始めたことが、〔男のリズム〕の中では実にあっさりと直截《ちよくせつ》的に、それも繰り返し語られている。自他ともに許す池波小説狂の立場としては、正直な話、非常に口惜しい思いを禁じ得ない。こういう本は自分一人が独占して、他のだれにも読ませたくないというのが本音である。一種のジェラシイであろうか。

しかし、男のジェラシイなんてみっともないと思う見栄っぱりでもあるから、こういう貴重な本がだれでも気軽に読める文庫本になることは素晴らしいことだと書かな

いわけにはいかない。

それに、みんな男という男が〈男のリズム〉を読み、人間は死ぬものだと自覚するようになったら、随分と世の中が変わってくるだろう。ことに若い人たちがこの本を読んだら得るところは測り知れないだろう。私のような四十男になってからでは、本当は手遅れなのである。

だから、せめて二十代のうちに、できることなら十代のうちに〈男のリズム〉を読んでもらいたいと、私は自分自身の反省をこめて切望する。なかなか一読再読くらいではこの本の貴重さはわからないかも知れない。けれども若いうちに読んでおかなければいけない。漫画も決して悪くはないし、その効用を否定するものではないが、とにかくこういう本も読みなさい……と、若い人を見るたびに私は言いたくなる。

私にとって〈男のリズム〉は、私が男として生きるために欠かせない教本である。

しかし、だからと言ってすべての男たちに、

「これを人生の教科書とせよ……」

と押しつけようとは思わない。池波正太郎自身、そんなつもりで書いているのでないことは明らかだからである。池波正太郎は根っからの東京人だから、しゃしゃり出て他人に説教を垂れるなどということは決してしない。都会人特有のシャイな感覚がそんな真似を許さないのである。

しかし、まったく淡々としてさりげない語り口の底には、動かしがたい自信が岩の

ようにどっしりとある。現在の東京ではない「戦前までの東京」を語るとき、そこにいた「本当の東京人」を語るとき、その自信（矜持心《きょうじ》というほうが正確かも知れない）は端的に表われる。たとえば、こんな一節がある。

――私の先祖は父方母方、何代にもわたっての東京暮しなので、逃げて行くべき〔他国〕がないのである。そのかわり、他国から来た政治家や木っ葉《こっぱ》役人が、私どもの町々を滅茶苦茶《めちゃくちゃ》に掻《か》きまわし、叩き毀《こわ》してしまった――

こういう一節に出会うと、私のような他国者は何となく申訳なくてやりきれない気持ちになる。私は政治家でもなく役人でもないが、他国から来て東京を住みにくくしている人間の一人には違いない。せめて私にできることは、なるべく目立たぬように、他人様の迷惑にだけはならぬように慎しく暮らして行くことだ……と改めて考えさせられる。

そういう意味では、これは「池波正太郎事典」であると同時に「東京という町の事典」でもある。池波正太郎作品の愛読者にとっては敬愛する作家の暮らしかた、考えかたを身近に知るよすがであり、すでにほとんど失われた「かつて在りし日の東京」に憧《あこが》れてやまぬ人にとっては、この本こそがまぎれもない「東京」であると言ってよいだろう。

さっと通りいっぺんに読んだだけでは、なかなか自分のものにはできないだろうが、何度も何度も折りにふれて読み返しているうちに、少しずつ、

（池波正太郎が日々をどのように暮らしているか……）

その具体的な生活技術《ノウハウ》の一端がわかってくるに違いない。われわれは大いにその技術を盗むべきである。近頃の流行語の一つに、

「クオリティ・ライフ」

というのがある。日本語に訳せば何というのか、よくわからないが、暮らしの規模ではなく暮らしの質そのものを高めよう、人間らしいゆとりのある日々を楽しもう……というような願いを象徴していることばのようである。つまりは、この〔男のリズム〕の至るところで語られている池波正太郎自身の、ということは戦前までの東京っ子の暮らしかたに他ならないではないか。

それを一言で言えば、日本人らしい暮らしかた、ということである。われわれはこの日本という国に生を享《う》け、現にこの国で生活を営んでいる。たとえ超高層ビルが立ち並び、超特急が国じゅうを走り、生活様式がどんなに西洋化していると言っても、われわれが日本人であることに少しも変わりはない。また、日本人が日本人らしくなってしまったらそれこそ大変なことである。いま、すでにそういう恐れは多分にある。

日本という国をじっくりと見直し、日本人の生きかたについて根本的に考えなければならないのはいまである。それというのも日本の国土を急にひろげたり、他の場所へ移したりすることはできないからだ。

好むと好まざるとにかかわらず、われわれはこの国で日本人として生きて行く以外にない。となれば、本来、日本人はどのような感覚で、どのような知恵を働かせて、どのように楽しく暮らしていたかを謙虚に学ぶべきであろう。そのためには、何はさておいてもこの〔男のリズム〕を読むべし！　と、私は声を大にして言いたいわけである。

話がいささか大げさになり、まるで学生運動家のような演説口調になってきたが、これは私の絶望的な悪癖で、比べるも愚かなことながら池波正太郎と決定的に違うところの一つである。池波正太郎の文章、ことにエッセイでは、ことばの一つ一つに厳しいおさえがきいていて、だから何度読んでもその都度《つど》新鮮である。どの一行をとっても一言一句間然するところがなく、そのまま、人生の達人ならではの箴言《しんげん》になっている。こういう文章は真似ようと思ったところで所詮《しょせん》できない相談だが、しかし、見事な文章の芸術品として、お手本にするならこれであろう。

〔男のリズム〕を読むか読まないかで（むろん、読みかたにもよるが）大人と子どもの差がついてしまう、と私は思っている。いつまでたっても子どもっぽい「三十、四十の子ども」にならないように、しつこいようだが若い人たちに、若いうちに是非読んでもらいたい。

この男のバイブルとも言うべき一書を女性に勧めたものかどうか、私は迷っている。男の生きかたのノウハウを知られてしまっては困るという気持ちと、男が人生に立ち向から姿勢をやはり女性にも知ってもらいたいという気持ちと、両方あるからである。まあ、とにかくすべての男たちにしっかりと読んでもらえれば、私としては言うことはない。男がみんな男らしくなれば、それはとりもなおさず女性たちの幸福であろうと思うからである。

昭和五十四年十一月

佐藤隆介
（エッセイスト）

本書中には、今日の人権擁護の見地に照らして、不当・不適当と思われる語句や表現がありますが、著者が故人であること、作品発表時の時代的背景を考え合わせ、原文のままとしました。

男《おとこ》のリズム

池波正太郎《いけなみしようたろう》

昭和54年 11月20日　初版発行
平成18年 1月25日　改版初版発行
令和7年 10月10日　改版15版発行

発行者●山下直久

発行●株式会社KADOKAWA
〒102-8177　東京都千代田区富士見2-13-3
電話　0570-002-301（ナビダイヤル）

角川文庫 14081

印刷所●株式会社KADOKAWA
製本所●株式会社KADOKAWA

表紙画●和田三造

●お問い合わせ
https://www.kadokawa.co.jp/（「お問い合わせ」へお進みください）
※内容によっては、お答えできない場合があります。
※サポートは日本国内のみとさせていただきます。
※Japanese text only

ISBN978-4-04-132324-3　C0195

◆◇◇